襄平
薊
北平
南皮
平原
北海
鄴
濮陽
陳留
小沛
許昌
下邳
汝南
壽春
吳
建業
盧江
江夏
會稽
吳
柴桑
長沙
桂陽

西涼
天水
長安
洛
漢中
尚庸
襄
梓潼
蜀
永安
成都
江洲
武陵
雲南
零陵

影不離燈照孔明

文 岑澎維 圖 托比

序

再多給一點點時間

諸葛亮最後一次北伐，就在五丈原這個地方。他的身體像是雨水浸透的高山一樣，隨時都有崩塌的危險。

「強人就要倒下了嗎？故事到這裡，就要結束了嗎？」

雖然明知道，故事已經到了盡頭，但忍不住還是這麼祈求：「再給他多一點點時間，為他再續命十二年！」

不要這麼快結束！這個故事太精采了。

羽扇綸巾、笑談天下事。一條代表諸葛亮的綸巾，一把羽毛扇、一件鶴羽做成的鶴氅；瀟灑迷人的形象，是多少孩子心中的偶像。

這位讓劉備親自率隊而來，茅廬三顧才得相見的傳奇人物，究竟有什麼魅力？為什麼親朋好友都推薦他？一層層揭開這些祕密，諸葛亮讓人看了過癮，更會看了上癮，欲罷不能。

他的智慧與計謀，一直到今天，不僅小孩愛看，連許多企業經營者也愛研究。他的大膽、智慧、深謀遠慮、高瞻遠矚，如何脫穎而出、如何深得人心，所作所為在在令人崇拜；這位一代軍師生在當時是傑出的軍事家，如果生在現代，一定是傑出的企業家。

他已經成為「智慧」兩個字的代名詞！

於是我不禁想問，如果未來可以自由選擇，三國英雄裡，你會想當誰？

諸葛亮！我相信諸葛亮，一定會高票當選「第一志願」。就連三個臭皮匠湊在一起，都要想像自己能勝過一個諸葛亮了，可見，他是多麼讓人夢寐以求。

自命不凡的周瑜，也被諸葛亮氣昏三次，最後含恨而終。臨走之前，只能幽幽怨蒼天：「既生瑜，何生亮。」千古一嘆，至今流傳。英雄世界裡，誰能永遠勝利？

令諸葛亮存有戒心的司馬懿，稱他是諸葛亮的頭號對手也不為過；然而司馬懿也有望著空城、躊躇不前的猶豫，最後還是領著十五萬大軍而去。虛虛實實、真真假假，看似遊戲人間，其實認真面對的諸葛亮，如果少了周瑜、司馬懿，一定也會寂寞。

為了報答劉備的知遇之恩，畢生精力都用在實現他的承諾上，直到身體不堪負荷，仍然要再次北伐。對於這麼一位言而有信的人，我忍不住要這麼想，如果他永遠留在隆中山上，永遠在臥龍岡上種田；那麼，他是不是就能長壽一點？答案也許是肯定的，但是我們就不會有這麼多精采的故事好看了。

臥龍岡耕讀、三顧茅廬、舌戰群儒、草船借箭、借東風、三氣周瑜、七擒孟獲、空城計、揮淚斬馬謖……一個又一個精采的故事，讓人忍不住想再多看幾個。

但是戲終究要結束了，善於觀察星象的諸葛亮，還是成為一顆殞落天際的星星——如果他能再活久一點，如果魏延不要踢倒那盞本命燈——故事一定不只這樣。

目錄

人物介紹

影不離燈

影不離燈，原本是諸葛家的燈神，是一座老舊燈臺的影子，被註生娘娘指派為諸葛亮的守護神。在「明亮」的地方，影子才能成形，所以一直與諸葛亮「形影不離」。已經有好幾百年的年歲，諸葛亮稱他為「影爺」，是一個善良慈祥的老影子。

諸葛亮，字孔明。年輕時在隆中山上的臥龍岡耕種，喜歡讀書，經常自己比做春秋戰國時代的管仲、樂毅，而被好友推薦給劉備。劉備三顧茅廬，邀請諸葛亮擔任軍師。此後諸葛亮為了回報劉備知遇之恩，竭盡心力。

諸葛亮

劉備

是一位優秀的軍事家、政治家、發明家，更是一位傑出的散文家。

劉備，字玄德，為皇室後裔，比諸葛亮大二十歲。從小失去父親，與母親織蓆賣草鞋為生，在母親安排下，拜在大學者盧植門下求學。後來朝廷派盧植接下盧江太守一職，劉備學業中斷。

當時黃巾賊在全國造反，朝廷無力鎮壓；董卓廢除少帝，改立獻帝，自己在幕後掌握實權；袁紹、曹操也各據一方，打算問鼎天下。劉備以漢室後裔的身分，決定要為漢室效力，讓百姓安居樂業。

徐庶

徐庶，字元直。出身貧寒，年少的時候喜歡武術，曾因為殺人被捕，被朋友救出之後，發奮努力。後來和石廣元一起到荊州，與諸葛亮成為好友。劉備駐軍新野時，徐庶曾經一度投靠。但是曹操設下圈套，帶走徐庶母親，徐庶不得已辭別劉備，投靠曹操。行前徐庶向劉備推薦諸葛亮，於是才有劉備三顧茅廬。

徐庶因為痛恨曹操用計騙他，所以終生沒有為曹操獻出任何一個計策。

周瑜

周瑜，字公瑾，出身淮南名門望族，外貌俊美，人稱「周郎」，是東吳名將。擔任赤壁之戰的統帥時，以少勝多而建立威名，也讓赤壁之戰成為歷史上有名的戰爭。

　　智勇雙全，對足智多謀的諸葛亮既妒又恨，想盡辦法要除掉諸葛亮，但是都被他識破。反而是諸葛亮把周瑜氣昏三次，第三次就結束他短短三十六年的生命。

司馬懿

司馬懿，字仲達。比諸葛亮大兩歲，出身士家大族，是曹魏大臣。多次率領大軍對抗諸葛亮北伐，可以說是諸葛亮的頭號對手。聰明有才華，有軍事能力，令諸葛亮不敢掉以輕心。

1 「影不離燈」登場

「影爺，快！你看天空，日蝕來了！」諸葛家的家神，在我耳邊興奮的大叫。

「影不離燈！快起來！」家神用力呼喊我的名字。

當初我到諸葛家的時候，家神就給我取了這個名字——「影不離燈」。這個名字有點長，也有點難寫，但是家神說很合我用，所以就保留了下來。

我是諸葛家的燈神，大家習慣叫我「影爺」。

九個月前，註生娘娘通知家神、家神通知我，要我守護諸葛家一個

即將出世的孩子。註生娘娘還交代，千萬別弄錯，是日蝕之後誕生的小娃娃。

怎麼會安排一個燈神當孩子的守護神？我也想不透。大概是這燈臺放在角落太久沒有用，燈神也無事可做，整天睡覺休息，才會讓註生娘娘分派工作。

家神又在大呼小叫了：「影不離燈，你看天空——日蝕出現，你的小主人快誕生了，你不能再睡了。」

「早就——起來囉——！」我伸伸懶腰，跳下燈臺。

雖然我只是一道影子，但是我安分守己，牢牢的守著這個燈臺幾百年了。燈亮的時候，我在；燈不亮的時候，我休息。現在休息夠久，終於有工作上門。

可是現在，我要離開這個舊燈臺，我還是忍不住要問：「那誰來代替我原來的工作啊？」

「我自有安排！」家神說。

我望了望天空，太陽果然被啃了一大口，缺了一角。

也許是這景象太不尋常。屋子裡，老爺諸葛珪正在上香向家神祈禱，祈求百姓平安，祈求不要有災難。

老爺嘴裡唸唸有詞，家神認真的聽他祈禱：

「神明啊，請消災解難，請保佑國泰民安、風調雨順。」

這時，家神又叫著我的名字了：「影不離燈，這是你第一次守護一個人類，你要認真的學習。當守護神，要隨時留意主人的一舉一動，聽聽他心裡的聲音。」

家神交代的事，我一一記牢。從那一天開始，我不敢再貪睡，怕誤了迎接小主人這件大事。

又過了幾天，迷迷濛濛之中，又聽見家神興奮的大叫。

「快！影不離燈，你又睡著了嗎？」

我揉了揉眼睛說：「沒有！」

「你的小主人要誕生了，快去迎接他！」

日蝕之後誕生的，就是我的小主人。我得開始工作了！家神用力把我推進一個房間，我一連翻了好幾個大跟斗，一不小心就跟一個軟綿綿的傢伙撞在一起。

「哇——」小傢伙被我一撞，哭得好響亮。

「呵呵呵！是個男丁呢！」產婆笑得好開心哪！她手上那個軟綿綿的小傢伙，就是我的小主人。

我連忙借著油燈火光在牆上跳來跳去，想逗小主人開心，不再哭泣。經過我用心安撫，等小主人交到老爺諸葛珪手上的時候，已經不哭不鬧了。

諸葛珪就是這個小娃娃的父親。他抱著小主人看了又看、看了又看，他面帶喜悅的說：「前幾天不是有日蝕嗎？我希望太陽永遠明亮，不要缺了一角。那我就給你取個名，叫『亮』吧。」

「亮？」我的小主人名叫「亮」，真是和我一拍即合——只有在「明亮」的地方，才有我影子的存在；愈暗的地方，影子愈薄弱。

這個名字真是和我太合拍了，難怪註生娘娘選我當他的守護神。

老爺又看著小娃娃，他開心的跟小主人說：「我還希望你啊，能向至聖先師『孔子』學習，為人類帶來光明。既『明』又『亮』，那麼你的字——就叫『孔明』吧！」

未來，小主人一定能和我互相映襯、搭配，我要好好守護他。

「諸葛亮——孔明」向世間報到了，我一定要為他集氣加油！

2 躲不掉的躲貓貓

小主人一出生，就有哥哥諸葛瑾還有兩個姊姊等著要照顧他；沒多久，又有弟弟諸葛均出來陪著他，算算這個家庭人員全到齊了。我影不離燈也早就在小主人身邊，跟他「形影不離」了。

好動的小主人，常常讓我這老影子追不上他，有時候這邊、有時候那邊，跑得我暈頭轉向、分不出東南西北。

「亮兒，你能不能休息一下，讓我也能喘一口氣？」

小主人一邊跑，一邊說：「影爺，你在一旁休息，我自己去玩就行了。」

「那怎麼行！」我生氣的說：「人怎麼能沒有影子？沒有影子就沒有魂了，你不知道影子有多重要！」

小主人回頭來找我，他想了一個辦法，說：「那這麼辦吧，我到樹蔭底下玩，你靠著大樹休息，這麼一來，誰也看不出我有沒有影子了。」

他一說完，完全不管我答不答應，便立刻跑向溪邊那棵大樹。唉，哪有影子還要這麼辛苦去追主人的？

沿路上，他遇到幾個同伴，同伴們看他跑這麼快，追上來問：

「孔明，你去哪兒呀？」

「到大樹底下玩哪！」

「那我也去！」

「我也要去！」

小主人像塊磁鐵一樣，沿路吸引了一票人，跟著他到溪邊玩。

一群小孩子玩起「躲貓貓」，一個人當鬼、一個人當閻王爺；當鬼的四處去找人，找到了交給閻王爺。小主人最愛玩這個遊戲了，我拿他沒辦法，只能拚命跟在他身邊，誰叫我是他的守護神呢？

小主人一會兒在樹上、一會兒在大石頭旁、一會兒骨碌碌的滾下草坡，玩得跟野孩子一樣。

「亮兒，亮兒，別這樣！」

我才開口，一個當鬼的孩子，撲過來要抓小主人，小主人一轉身往下跳——「哎喲！」他跌到一塊大岩石後面，當鬼的小孩沒發現，又去追別的孩子了。

「哎喲，亮兒，你好重啊！」小主人一屁股跌在我老影子身上，壓得我差點喘不過氣。

「——亮兒，亮兒，你怎麼不說話啊？」

我看著小主人，小主人額頭上冒著汗，表情痛苦的說：「影爺，我的腿好痛！」

我又心疼又著急，天色暗下來了，誰會發現有個孩子在這裡？

「亮兒，我是你的守護神，卻什麼忙也幫不上。」

「影爺，你陪著我，就是幫很大的忙了。」

孩子們玩鬧的聲音，一陣陣傳來，沒有人發現小主人不見了。

有人大喊著：「回家囉！」

「怎麼一直沒看見孔明啊？」

哎喲，小主人
你壓到我了！

遠遠傳來孩子們愈走愈遠的聲音，他們一邊走，還一邊笑著說：

「孔明一定又躲在大家都找不到的地方了。」

「走吧，等會兒他就會出來追上我們了。」

天色愈來愈暗，我們等了好久好久，終於等到一位白髮老人的身影，出現在我們眼前。

「啊呀，你的腿，傷得可不輕啊！」老人驚訝的看著小主人，他又問：「孩子，你叫什麼名字？幾歲啦？你很能忍耐啊！」

老人把小主人背回山上一間道觀。他一邊為小主人上藥，一邊說：「你這腿傷得不輕，要記住，如果可以下床了，也不能四處亂跑。要不然哪，恐怕你一輩子都沒有辦法久站。」

老人又仔細的檢查筋骨，才放心的讓小主人休息。

我提醒小主人：「亮兒，你得跟人家道謝啊！稱呼人家『道長』。」

亮兒立刻在床上彎腰行了一個禮，說：「多謝道長幫助，請受亮兒一拜。」

「哎呀，你的腿上有傷，要謝等好了再謝！」老道士拉住了小主人，就在這個時候，外頭傳來一陣又一陣呼叫小主人的聲音。

「亮兒啊——，你在哪裡啊？」

小主人的眼睛亮了起來：「道長，是我爹爹！」是老爺的聲音。老道士要小道童出去告訴老爺，沒多久，小道童就帶著老爺進來。

老爺一看見這情景，立刻向道長千恩萬謝，感激的話連說了幾十遍。

「這孩子真是的，一定玩瘋了！」

老道士說：「小孩子都是這個樣子，不過他傷得可不輕，一定要好好休養個半年才行。」

「半年？」小主人一聽就受不了。

「你這孩子要聽話，半年都不准亂跑。」

老爺背著小主人回家，一路上這麼叮嚀了好幾次。

夜裡，小主人躺在床上睡不著，他嘴上沒有說，但是我知道，他是疼得無法入睡。

他問：「影爺，你知道半年有多長嗎？」

「怎麼會不知道？影爺已經度過幾千個半年嘍，半年不過就是一眨眼！」

小主人頑皮的說：「才不是呢！半年是一百八十三天。」

「誰教你的？」

「我自己算的。」

「你這孩子……」

3 泰山老道士

泰山是一座神山，也是一座聖山，許多帝王都曾經在這裡舉行祭天大典。很多得道的高僧、隱居的士人，都喜歡到泰山來，因此這裡有許多深藏不露的高人逸士。

梁父山是泰山下的一座小山。過去有許多帝王在泰山山頂設圓壇祭天，然後到梁父山設方壇祭地；梁父山是一座跟泰山一樣有名的神山。

小主人從小就在泰山、梁父山附近長大。老爺曾經當過梁父尉，負責輔佐縣太爺。小主人誕生的時候，老爺正在泰山郡擔任郡丞，輔佐太守。

那位泰山上的老道士，隔幾天就下山來為小主人醫治腿傷。小主人不聽話，跛著腿也要四處走動，所以老是挨罵。

我常常半哄半威脅的說：「你再不好好休息，以後恐怕沒有辦法走遠路嘍。」

小主人根本沒有把這些話聽進去，讓我這老影子，還得一跛一跛的追著他跑。

每次老道士來，除了給小主人治療腿傷、換換藥之外，也常給小主人講一些氣候、天象、觀星的知識。

老道士還喜歡用「俗語」教小主人看天象，像是：「燕低飛、蛇過道，大雨立刻到」、「久雨聞雷聲，不久定天晴」、「日暈三更雨，月暈午時風」……

「孔明啊，這些俗語都是先民經驗和智慧的累積，像仙丹一樣好用。你一定要牢牢記住，以後對你有用處的。」

小主人對老道士教導的這些學問，很感興趣，一字一句記在心裡。老道士回去以後，他常常在晚上看著滿天星星，找出道士教過的星宿。

「影爺，你看那是不是就是道長說的『北斗七星』？」

「沒錯，斗杓口的『天樞』和『天璇』連起來，向北延伸五倍，那就是『北辰』。」

小主人看著天上的星星，慢慢的尋找：「我找到了！」

「亮兒，你真聰明。找到北辰，你就能辨別北方了。」

「影爺，老道長還說，如果天上有一顆星星隕落了，就代表有一個人去世了，我想要學這門學問。」

但是小主人還來不及學會看星星隕落的方位，他的母親就去世了。

小主人忍著悲傷問：「影爺，要怎麼判斷，哪一顆星星代表誰？」

我看著小主人說：「這麼深奧的學問，影爺不會。影爺只知道，這不是一兩天就能學會的。」

小主人又問：「影爺，有沒有辦法不讓星星墜落？」

「也許有，不過這學問可大了。」

小主人輕聲的說：「我要跟老道長學看星宿，我要學習讓星星不會掉落的方法，這樣，就不會再有人去世了。」

老道長把他所知道的全都傳授給小主人。沒有多久，小主人把二十八星宿的位置全記熟了，也能藉著觀察自然界的變化，來預測天氣。

「孔明，明天天氣如何？」

「道長，明天午後會下雨。」

道長問：「你怎麼知道？」

「道長你看，『日暮胭脂紅，無雨也有風』。」

「你怎麼判斷是有雨，而不是只起風？」

小主人慧黠的說：「因為我看到蜻蜓成群低飛啦！——那是下雨的徵兆。」

老道長常用欣賞的眼光看著小主人，有時候還會看著他玩耍的背影，告訴老爺：「這孩子聰明伶俐、觀察入微，不是普通的孩子哪！」

除了這些興趣，小主人還有另外一個嗜好，就是聽故事。

梁父山上有三個墳塚，那是春秋時代三位武士的墳，有個「二桃殺三士」的典故。這個故事小主人喜歡聽，更喜歡講給別人聽。

兩個姊姊早就聽膩了這個故事，只有弟弟偶爾還願意聽。倒是我影不離燈一直是最忠實的聽眾，從來不會錯過：

春秋時代，齊景公手下有三位武士：公孫接、田開疆、古冶子。三個人都為齊景公出過不少力，個個都覺得自己的功勞很大。

有一天，上大夫晏子從三位武士身邊走過，他依照禮儀快步走，表示敬意；但三位武士卻沒有依照禮儀，站起來致意。

晏子心裡很不舒服，他覲見齊景公的時候，說：「這三個人以為自己的功勞很大，對君臣無禮，留下他們會造成大亂，不如早日除掉他們吧。」

齊景公說：「我也覺得他們驕傲自滿，恐怕會成為禍害。但是誰能除掉他們呢？暗中殺害如果不成功，反而更加難以收拾。」

晏子胸有成竹的告訴齊景公：「用對方法，就不難。」

於是晏子派人送了兩顆肥美的桃子給這三名武士，說是齊景公賞賜給他們的，要他們依照自己的功勞來決定誰有資格吃桃子。

公孫接立刻伸手先拿了一個：「打走野豬，力拚猛虎，我的功勞不小啊！」

田開疆也伸手拿走另一個：「我曾多次擊退敵軍，吃一個桃子不過分吧？」

最慢出手的古冶子，還在想該講哪一項功勞，桃子就全被拿走了。他不甘心沒有分得桃子，還是說出自己的功勞：「我曾經跟著國君渡過黃河，一隻巨大的鼈咬住左邊的馬，危急的時刻，我潛進水裡，拉著馬車走了好幾百步，把國君送到安全的地方，再回頭追那隻大鼈，追了足足九里遠。我一手抓著馬尾、一手提著大鼈從水中冒出來的時候，岸上的人都驚呼我是『河神』！我立下這樣的功勞，為什麼我沒有桃子可吃？」

公孫接和田開疆聽了，滿臉慚愧，兩個人都把桃子交給古冶子。

「我們只有這一點功勞，就想得到國君的賞賜，完全不懂得謙讓，真是貪心哪！」兩個人羞愧的拔劍自殺。

古冶子看見兩個好朋友為了自己而死，也難過得舉劍自殺。

齊景公依照勇士的葬禮，把這三位武士葬在梁父山上。

主人講故事的時候，口齒伶俐，一個字一個字叮叮咚咚的從他嘴裡

這桃子有這麼好吃嗎，還要用搶的……

冒出來，真好聽啊！

諸葛均每次聽完都會說：「二哥，這個故事，你講過很多次了。」

「我喜歡這個故事，講再多次也不厭煩。」

有一次，小主人說完，問諸葛均：「三弟，你最佩服誰？」

諸葛均想了想，說：「我佩服三位武士，他們有勇氣。」

小主人不以為然的說：「我佩服晏子，他敢為國家除去這種好大喜功的臣子。」

我聽了，忍不住又多看了他一眼。也許，小主人真像老道士說的，他不是普通的孩子哪！

4 逃難數千里

小主人八歲時，老爺生病去世了。

這是一個混亂的時代：朝廷裡有宦官和外戚你來我往的爭鬥；朝廷外有黃巾軍此起彼落的造反。天底下還算得上太平的，大概只有我們徐州這個地方——徐州天高皇帝遠，亂不到這裡來。

小主人雖然失去父母，但在這烽火瀰漫、戰雲密布的亂世裡，還有一個居住的地方，也還有叔叔諸葛玄可以照顧他們兄弟姊妹，不幸之中也要知足了。

但是徐州的平靜也維持不久，這個災難是從曹嵩開始的。

兗州東郡太守曹操，手上擁有不少士兵。他的父親曹嵩帶著大批金銀財寶，到我們這安定的琅邪郡來避難，沒想到竟在徐州被殺害，因而為徐州帶來了大災難。

「影爺，外頭發生什麼事了？我怎麼覺得一片亂哄哄的？」有一天家神這麼問我。他一整年都在廳堂守候著，難得有機會出門。

我告訴家神：「曹操為了替父親報仇，寧可錯殺一百，不肯縱放一個，所以正率領大軍血洗徐州。他已經殺了徐州好幾萬的百姓，而且還在繼續哪！」

「天哪！這怎麼得了？」家神驚慌的說。

「看來，徐州是很難再待下去了。」

果然，諸葛玄為了保護全家大小的性命，決定接受當時的揚州牧

（註一）袁術的邀請，接下豫章太守的工作，離開住了好幾代的徐州，搬到南方揚州的豫章郡去。

離開之前，諸葛家一家大小集合在廳堂祭拜家神。

我也跟相處了幾百年的老朋友道別：「家神，我要跟著小主人一起出遠門，你要保佑諸葛家，大大小小平安順利啊！這個舊家，就靠你看守了。」

家神說：「安頓好了之後，主人會請我們過去的，我們還是會見面。影不離燈，一路辛苦了。」

諸葛玄帶著一家大小，從琅邪郡的陽都縣經過淮水，渡過長江，風塵僕僕花了兩個月的時間才到江南。

原本平靜的江南，這個時候竟然也充滿了火藥味，諸葛玄的太守位置不好坐。為了給孩子安定的生活，諸葛玄又派人護送這群半大不小的孩子，到看起來安定的荊州襄陽去。

這一去又是一個多月的路程。小主人就在這種沒有父母、顛沛流離的日子裡，漸漸長大了。

在跋山涉水的遷移過程中，小主人不知道說了多少次：「如果給我機會，我會想辦法讓天下太平。」

我忍不住也發發牢騷：「現今天下不是戰爭，就是荒災、難民；那些亂臣如果不除掉，國家怎麼安定得下來？」

「影爺，我們什麼時候才能有個地方，可以安心住下？」

這孩子，我知道他心裡想的就是要有個家。

「襄陽的確是個好地方！」我一踏上這片土地，就感受到這裡地靈人傑的氣氛。主人帶著我四處走走看看，有時候還會因為看得太投入，差點跟丟了呢。

「亮兒，這裡有便利的水路交通，有肥沃的土地，還有安定、寧靜的生活，我們就在這裡住下來吧！」

聽說這時候的荊州牧是劉表。四處都有人在傳說，劉表是一個溫文儒雅的人，平日喜歡喝茶、聊天、交朋友，最大的專長就是想辦法遠離戰爭。

他最讓影不離燈佩服的地方，就是重視教育，希望百姓都能敦品勵學，成為讀書人。

劉表提倡教育，當然就會任用學者、讀書人當他的文官。所以劉表所在的荊州，吸引了不少文人雅士；像是「水鏡先生」司馬徽、隱居在鹿門山的龐德公、徐元直、石廣元、王粲等等都是慕名而來的人。他們雖然隱居，卻都很有名氣，連我影不離燈都知道。

小主人在荊州這個安定的地方，接受好的教育，接觸這些名士，漸漸的也培養了自己的想法。

註一：當時天下分為十三州。靈帝時，州的最高長官為州牧，總覽地方大權。

5 男大當婚女當嫁

我們在襄陽住下之後，家神也被請到這裡來。

家神一到，就喜歡上這裡：「嗯，襄陽果然是個好地方，空氣就是不一樣，有書卷氣！」

在家神的庇護下，亮兒漸漸長大，一下子長到七、八尺（註二）高，從「小主人」升格為「主人」；我的身形也跟著拉長不少呢！

幾年之後，主人的大姊出嫁，嫁給襄陽地方的蒯氏家族，二姊也嫁給一位龐姓人家，兩家都是地方上的名門望族；小主人沒事就往兩個姊姊家中跑。

「亮兒，你能不能帶影爺到戶外去走走？影爺在太陽底下，才有活力；在屋子裡待久了，影爺會全身無力的。別老是去人家家裡聊天好不好？」

「可是影爺，我喜歡去二姊家，我喜歡那個親家龐德公，他很會分析天下情勢。」

雖然我不喜歡、老抱怨，但主人還是忍不住去找龐德公聊天，而後又認識了龐德公的朋友、那位學問高深的「水鏡先生」司馬徽，還有龐德公的姪子——聰明又有才氣的龐統。

主人十七歲這一年，諸葛玄生病過世了。跟父母去世時比起來，主人這一次更加難過——姊姊出嫁、哥哥遠在東吳，只剩下弟弟在身邊。

「現在開始，我已經沒有依靠了，我必須靠自己。」

「亮兒，你已經長大了，該找一點可以養活自己的工作來做了。」

主人反問我：「我該做什麼好呢？」

「讀書人唯一的出路，就是做官啊！」

主人想了很久。我感受得到，他不想跟父親、叔叔、哥哥一樣，去找個官職來做。

「影爺，人家去求龐德公出來做官，有才學的龐德公都不願意了，我憑什麼出去做官？影爺，我當個種田的農夫好了，帶著弟弟找個地方種種田、讀讀書，你說怎麼樣？」

雖然我老影子也喜歡過這樣的生活，但我還是得為年輕的主人著想：「亮兒，種田的生活確實很適合我，可是你年紀輕輕就過這種生活怎麼行？」

「先這麼辦吧，等機會上門來的時候再說。我是不會去找機會的。」

主人於是帶著弟弟來到隆中山。隆中是一個美麗的小山村，出門就有參天古木圍繞。往山下望去，襄陽城就在山下，而沔水就像一條錦帶，澄澈如玉，穿越襄陽而去。

在這優美環境中，主人手不釋卷，每天不忘讀書——《禮記》、《詩經》、《春秋》、《孫子兵法》、《孫臏兵法》……都是主人常讀的書。

主人每次讀到好文章，就會跟弟弟一起研究、辯論。

「三弟，你快來看看《左傳》裡的這篇〈呂相絕秦〉。」

「三弟，這一篇文章，是寫晉國要與秦國絕交，晉國大臣呂相列舉事實，把晉國說成吃虧上當、被人欺負的仁義之國，斥責秦國的不仁不義。這招真妙！」

「二哥，我覺得，其實秦穆公幫助過晉國，例如把被俘的晉惠公送回來、幫助重耳重回晉國擔任國君，但這些呂相都不提。而秦國背叛晉國的事，呂相卻放大來看，有點狡詐。」

主人卻有不同的看法：「這就是『辯才』。而且你看呂相說話句句有力，講得有條有理，讓秦國完全沒有反駁的餘地。這才叫厲害呀！」

主人讀書有個習慣，就是大致了解書中的意義之後，就把書本放下，到草廬外去除草、耕作。我知道他其實是利用這個時間，回味書本裡值得思考的地方，順便讓我晒晒太陽，補充體力。

主人耕種的時候，總是一邊哼著他最喜歡的歌：

步出齊城門，遙望蕩陰里。里中有三墳，累累正相似。
問是誰家塚？田疆古冶子。力能排南山，文能絕地紀。
一朝被讒言，二桃殺三士。誰能為此謀？國相齊晏子。

這是流傳在故鄉的葬歌〈梁父吟〉，主人到現在還是喜歡唱。他一邊種田一邊唱，歌聲迴響在整個山谷，大家都知道這是一個年輕農夫在唱歌。

「孔明啊，老遠就聽到你的歌聲，我就知道你在家。」

「黃老先生，您來啦？」

那是一位名叫黃承彥的老先生，住在襄陽沔南，是一位有學問的人，常常騎著驢子來找主人。他精通《易經》和文王六十四卦，主人最喜歡跟他討論這些。

這天他又來找主人了。他看著好學的主人，忍不住問：「孔明啊，你幾歲了？你到底想不想結婚啊？」

「我已經二十五歲了，怎麼會不想呢？」主人很不好意思的說。

「那麼，你有沒有中意的對象？」

主人紅著臉笑著說：「這種事，只能靠父母作主。我沒有父母能為我作主，叔叔也去世了，從來沒有媒人上門過，怎麼會有對象呢？」

黃老先生聽了好開心，他呵呵呵的笑了起來。

一看黃老先生開心成這個樣子，我直覺大事不妙——

「亮兒、亮兒！他該不會要把他的女兒許配給你吧？」

「影爺，別瞎猜了。我是一個身無恆財、家無恆產的莊稼漢，他是學識豐富的讀書人，怎麼可能把女兒嫁給我？」

「亮兒，他的女兒你也看過，頭髮又黃又稀疏，皮膚又黑又粗糙……」

「影爺，不要嫌棄人家，我也好不到哪裡去。」

「可是也得娶個稍微好看一點的啊！」

「影爺，『娶妻娶德』，不是娶外貌，你沒有聽說過嗎？」

「好好好，我不管，你自己看著辦！」

黃老先生又開口了：「那麼，你心裡有沒有打算，想娶什麼樣的女孩當媳婦？」

「這……」主人的臉又紅了起來，「我也不敢有什麼期望，只希望是一個談得來的人就行了。」

黃老先生帶著一點愛憐又有一點抱歉的語氣說：「孔明啊，我的女兒……，你知道的，她既聰明，能力也不錯，就是、就是……」

黃老先生說話從來沒有這麼不順暢。我看他鼓起勇氣又說：「我是說，如果、如果你不嫌棄她長得醜，……我是想……」

主人看黃老先生結結巴巴的樣子，立刻明白他的意思。主人回答：「晚輩不是那種在意外表的人，先生和我認識這麼久了……」

「亮兒，你要考慮清楚，不要忘了，黃家姑娘不是普通的醜啊！」

主人完全不理會我的苦口婆心，他繼續說：「如果您不嫌棄，晚輩的婚姻大事，願意交給先生作主。」

黃老先生一聽，樂得哈哈笑，他說：「既然你這麼說了，那我就選一個黃道吉日，讓你跟我的女兒成親吧。」

主人就這麼跟黃老先生的女兒——黃碩姑娘結為夫妻了。

是我要娶親，還是你要娶親啊？
主人，不要想不開啊！

唉，既然是主人的決定，我也只好支持他；只希望夫人可以幫助主人，找到適合他的人生方向。

註一：大約現在的一百八十公分左右。

6 好友力挺飆人氣

主人閒暇時，常常躺在書齋中，想著一些時勢問題。

「董卓廢了少帝，又劫持獻帝到長安；袁術在亂世之中祭拜天地，自稱皇帝；曹操為了替父親報仇，目無王法，殺了徐州幾十萬人，現在又控制皇帝，代替皇帝發號施令，為所欲為。在這種混亂的社會裡，難道沒有人出來，為人民做一點事，為漢室盡一點力？」

「這些自認為對國家很有貢獻的亂臣，就像公孫接、田開疆和古冶子一樣，眼裡沒有別人，認為自己最了不起；卻不知道國家就是被他們弄亂的。」

偶爾有朋友來訪，他們的話題也全都在感嘆國政混亂、大權旁落。龐德公常跟主人這麼說：「現在朝政大亂，得罪了人就滿門抄斬，還不如隱居起來得好。」

夜深人靜的時候，主人也會問我：「現在天下這麼亂，我應該就這樣隱居起來？還是出來找一位賢明的人，幫助他統一天下，給人民安定的生活？」

我誠心的告訴主人：「亮兒，影爺看著你長大，我知道你有熱情和才學。你應該找一個信任你的人，幫助他治理天下，收拾這些亂臣。」

主人看著我問：「影爺，誰能復興漢室？誰是值得我去幫助的人？」

「影爺一時想不出來有誰，但是影爺知道誰不值得你為他效力。曹操這個人喜怒無常，完全沒有把百姓的生命當一回事，這種人不能去輔佐他。」

主人點點頭說：「影爺，你的想法跟我一樣！」

主人的好友孟公威、石廣元、徐元直、崔州平、龐士元，都是常來草廬找主人一起看書、聊天的人。

有一天，他們又一起在書齋裡讀書。主人在書齋的地板上躺了好一會兒，他看著大家認真的模樣，笑著說：

「依你們的才智啊，如果出去做官，一定可以做到刺史、郡守這麼高的職位！」

好友放下書本問：「孔明，那麼你呢？你想做什麼？」

主人立刻直起身子，認真回答：「我啊，我有管仲的才幹，有樂毅的能力，只要讓我遇到像齊桓公、燕昭王這樣的明主，我也能做出一番偉大的事業！」

孟公威說：「呵！你的志願可不小哇！」

石廣元也帶著嘲笑的口氣回了一句：「是啊，那你還真是『懷才不遇』呢！」

主人聽了，只是笑了笑，也不多加辯解。

「那你怎麼不到劉表手下，找個差事來做？他可能就是你的明主，可以讓你做出一番偉大的事業啊！」

「我要找一個信任我的人，能夠讓我施展能力。我要幫助他安定天下。」

有些朋友聽了主人的話，都覺得好笑。

「你呀，慢慢等吧！」

雖然有人不以為然，但也有朋友對主人的能力是很肯定的，還為他辯解：「孔明不是在說大話，他的才能絕對不輸管仲和樂毅。」

「那得出去闖一闖，不能一直躲在山上啊！」

「等他遇到合適的人，他自然就會出來。」

這個對主人力挺到底的人，就是徐庶。

徐庶，是主人最要好的朋友。我聽主人說過，他年少的時候習武擊劍，擁有一身好武藝，可惜過於好勇鬥狠，曾經為了替別人報仇而殺了人，被官府抓起來。

後來他被朋友救出來，才專心向學，不再逞強稱能。他因為有這些不良紀錄，有些人不願意跟他來往；但是主人接納他，和他成為好朋友。徐庶也因為自己有段荒唐的過去，更能像個大哥一樣，提醒主人什麼事能做、什麼事不能做。

廣結善緣、結交各種朋友……主人正在慢慢建立自己的人脈，要等待一個信任他的人出現，一起為國家做一點事——也許這些朋友可以幫他找到一些機會。

7 荊州首席人才

機會終於來了。

這一天，我正陪著主人讀書，看到窗外遠遠有個黑影快速從山下往上移動，那黑點似乎是朝著茅廬而來。果然沒有多久，就看見徐庶飛馬奔到草廬前，他匆匆的把馬栓在門外，直接進到屋子裡。

「元直？什麼事這麼匆忙？」主人笑著起身迎接。

「孔明，我本來打算輔佐劉備，他現在正投靠劉表，駐軍在新野。這個人很想要扶助大漢，拯救百姓。誰知道我年邁的母親卻被丞相曹操帶走，我現在要到許都救我母親，免得母親受苦。」

我看著一臉慌張的徐庶，他從來沒有這麼不鎮定過。他擦了擦額頭上的汗珠，又說：「離開劉備之前，我向劉備推薦了你，我想，這幾天他就會專程來拜訪你。孔明，你千萬不要推辭，去輔佐劉備，你當管仲、樂毅的心願就能實現了！」

徐庶說得又急又懇切，主人卻聽得一肚子氣。

「你把我當成祭拜用的牲禮了嗎？要獻給誰就獻給誰？」

主人丟下這句話後轉身就進書齋去了。

徐庶一定沒有想到主人會這麼不領情。不過我也好奇那個劉備是什麼樣的人？他究竟是不是主人的「機會」呢？

果然，隔沒幾天，主人外出去拜訪朋友，才回到草廬，應門小童子就告訴主人：「前兩天有一個人，他的名字說出來有一長串，什麼將軍、什麼侯、什麼皇叔的，我全忘記了。我只記得他要我轉告先生，說他來拜訪過您。」

「好，知道了。」

「亮兒，這一定就是徐庶說的劉備。」

主人一臉平靜，沒有多說什麼。

又隔了一些日子，主人被崔州平邀出去遊山玩水，回家之後才坐下來喝了一口茶，應門小童又來報：

「先生，上次的那位將軍，前兩天冒著隆冬大雪，又來拜訪您了。」

「好，我知道了。」

這時，主人的弟弟諸葛均也拿出一封信，說是劉將軍寫的。主人打開來看，上面寫著：「劉備久仰臥龍先生大名，兩次拜訪都失望而回。

劉備是漢室宗親，現在漢室王朝權力衰微低落，奪權、欺君的事，令人憂心。劉備雖然有扶正漢室的決心，可惜沒有好方法。劉備相信臥龍先生仁慈忠義，能夠提供劉備振作漢室、拯救百姓的方法。如果這樣，這真是天下人民的福利，也是國家的大幸啊！」

主人看完信，收了起來，在書齋中來回走了幾次，就去休息了。

「亮兒，看來劉將軍心裡很急的樣子，你可以幫助他的。」

主人躺在床上翻了個身，只說了一句：「讓我想一想。」就呼呼大睡了。

唉，真是急驚風偏偏遇上慢郎中啊。我看那個劉備是真心想拯救百姓，跟曹操不一樣。如果主人願意幫劉將軍的忙，那麼主人說不定就能施展他的才能——就像他自己說的，當齊桓公的管仲、當燕昭王的樂毅。

主人睡得正熟，半夢半醒間，我聽到他斷斷續續哼著〈梁父吟〉。

「二桃殺三士……誰能為此謀……國相齊晏子……」

我想，主人這次會認真考慮這件事了。

又一個春天的早晨，主人還在睡夢中，我已經醒了，看見一個將軍模樣的人，站立在廳堂上。

他一動也不動、安靜的站著。我望著這個有一對大耳朵的將軍，心想他一定就是劉備——短短的鬍子、兩道濃眉，讓他看起來仁慈寬厚。

他真有耐心，我仔細的觀察了半個時辰，他沒有一點不耐煩的樣子；倒是屋子外，傳來另外兩個人不停的嘆氣聲，顯得很煩躁。

主人睡飽了，翻個身，他不知道有客人來，長長的吟了幾句詩：

「大夢誰先覺？平生我自知。草堂春睡足，窗外日遲遲……」

我輕輕的告訴主人：「亮兒，有人在等著你呢！」

「哦？」

主人揉了揉睡眼，躺著問小童：「有客人來過嗎？」

「先生，劉皇叔正站在堂上，等著先生醒來呢！」

主人一聽連忙翻身起床，說：「有客人來，怎麼不告訴我？」然後進屋裡匆匆洗了臉、換件整齊的衣服，再次出去見客人。

我也緊緊的跟在主人背後。穿戴整齊的主人，看起英俊挺拔、氣質優雅。

主人和劉將軍坐下來，一番客套之後，劉備介紹外頭兩位結拜兄

淡泊以明志
寧靜以致遠
睡得好舒服～

弟：留著一臉漂亮鬍子、眼神冷漠、快要掉頭就走的，名叫關羽，是劉備的二弟；嘆氣嘆得很大聲、幾乎就要殺進來的，名叫張飛，是劉備的三弟。

劉備希望主人能告訴他，到底如何做能讓國家安定、人民安居。

主人立刻要小童拿出地圖，張掛在堂上，準備好好向劉備分析天下情勢。

「……自從董卓挾持皇帝之後，想要自己當皇帝的人不少：曹操、袁紹、孫權……」

「……曹操能在官渡打贏兵多將勇的袁紹，靠的除了計謀，還有時機；現在他又挾持皇帝，用皇帝的名義發號施令，鋒芒愈來愈盛，將軍先別跟他爭……」

主人又指著地圖東方說：「孫氏擁有江東，已經三代了，人民也都很擁護孫權，所以將軍也別急著跟他搶……」

主人愈講愈起勁，完全忘了時間。窗外關羽和張飛走來走去，有時候探頭往屋內看，臉上滿是不耐煩的樣子；但是主人還意猶未盡。

「……就讓北邊的曹操佔有天時、東邊的孫權擁有地利；將軍，您想要完成您的理想，靠的就是『人和』。」

劉備聽得眼睛都不眨一下，他的注意力全在地圖上。曹操、孫權正如主人分析的那樣，各自擁有一片天。劉備要佔有一席之地，除非有強大的兵力，但是他沒有。

既然沒有，主人建議他要「擁有人心」，也就是「人和」。這時候，劉備臉上終於出現豁然開朗的神情。

「……將軍，您就先取下荊州當作根據地，再取益州建立基礎。基楚穩固，就能跟曹操、孫權形成鼎立的局面。三足鼎立，您就有力量讓國家安定、人民安居了。」

這時劉備似乎鬆了一口氣，但是他仍然要問：

「真的這麼容易嗎？」

「將軍，現在第一要務，就是先取得荊州，以荊州當基地，再一步一步依照計畫進行，一定能成功。」

這時，劉備站起來，拱手對主人說：「希望先生不要嫌棄劉備出身低微，請先生和劉備一起下山，幫助我大漢王朝重新振作聲威。」

主人搖搖頭說：「諸葛亮只是一個山林野人，閒散太久，沒有辦法適應外面的生活。劉將軍，還是讓我留在山上耕田吧。」

劉備聽了，居然激動的流下眼淚說：「如果您不願意幫忙，您想老百姓會過著什麼樣的日子？」

主人沒有說話。

我有點著急：「主人，你為什麼不肯答應啊？」

「影爺，你覺得，他是真的信任我嗎？」

此時劉備拿出加倍的誠意：「只要您願意協助劉備，劉備願意真心接受您的指導。」

主人想了很久，最後他開口說話：「既然劉皇叔不嫌棄諸葛亮，諸葛亮願意為劉皇叔效力。」

劉備一聽主人答應幫忙，喜極而泣的直呼：「天下百姓有救了！天下百姓有救了！」

他連忙叫喚窗外的兩個兄弟，要他們進來拜見新上任的「軍師」。

主人邀請三人在草廬過夜，他把家中大大小小的事，都交給夫人處理。等到第二天弟弟諸葛均回來，再跟諸葛均說明未來的打算。

「三弟，劉皇叔三次來邀請我，我被他的誠意感動，想要跟他一起去闖天下。你留在這裡，別讓田地荒廢了。等我協助劉皇叔完成了心願，我還會回來。」

主人一切都交代清楚了，就跟著劉備三人一起到新野去。四十七歲的劉備，一路上不停向主人請教；二十七歲的主人則是有問必答。

路途中，我問主人：「亮兒，你有沒有覺得那兩位『賢弟』，態度冷冷淡淡的，似乎對你很不服氣？」

「影爺，別急，他們遲早會心服的。」

主人滿臉的無所謂，繼續往新野的路走去。

8 博望坡初登板

主人上任當劉備軍師，關羽和張飛把心裡的不痛快，全都掛在臉上。兩個人的眼神裡，充滿了對主人的敵意。

這一天，流星快馬送來緊急消息：「曹操派遣夏侯惇帶領十萬大兵，朝著新野方向而來。」

劉備立刻召開緊急會議。會中，關羽淡淡的說：「大哥不是說，自從有了孔明之後，您就像魚兒有了水一樣，兩人非常契合；現在大軍來襲，大哥派您的『水』去應戰就行了。」

劉備聽了不是很高興：「辦法靠軍師，打仗靠兩位兄弟，不要推卸

責任，每個人都有工作。」

接著劉備轉頭詢問主人：「營裡就只有幾千士兵，有沒有辦法對付這十萬大軍？」

主人不慌不忙的說：「辦法是有，就是怕關將軍、張將軍不聽命令。」

劉備隨即拿出印信和寶劍一把，交給主人，他說：「誰敢違背命令，立刻斬了他。」

主人有了這兩件法寶，便聚集所有的將領，把誰該守什麼地方、誰帶多少士兵、誰做什麼事，都分配得清清楚楚。

關羽冷漠的問：「我們都出去打仗，請問軍師您有什麼事可做？」

張飛也嘲諷的說：「對呀，我們出去跟人家廝殺，你卻只要坐在軍

營裡，真是舒服。」

主人態度堅決的說：「主公交給我的寶劍和印信都在這裡，違背命令的人，隨時可以斬了。」

關羽聽了，跟張飛說：「我倒要看看，他的計畫靈不靈？」

軍隊出發了，主人登上新野城，手裡拿著一把羽扇，在城垛邊眺望爭戰。

夏侯惇是曹操的猛將，這時他帶著人馬來到新野附近的博望坡。趙雲先去誘戰，他依照主人的計畫，假裝抵抗不了而逃走。夏侯惇追來，趙雲再戰，又詐敗而逃。

逃不了多遠，劉備依照計畫，殺出來與趙雲共同應戰，同樣假裝被夏侯惇打敗、逃走，一步一步引誘曹軍到主人指定的地方。

主人看得很滿意，笑著說：「影爺，夏侯惇已經逐漸掉進我設下的陷阱裡了。」

博望坡的秋天，冷風颯颯，烏雲漸漸密合起來，風也愈來愈強。

主人站在新野城上觀戰，雙方人馬歷歷可辨：人數少卻紀律嚴整的，是劉備的軍隊；結構鬆散卻龐大的，是夏侯惇的士兵。

輕易到手的勝利，讓夏侯惇忘情追逐。我看見他的十萬大軍，正一步步走進狹窄的山道之中。

主人指著夏侯惇的軍隊說：「影爺，你知道嗎？山谷常常是軍隊的致命傷。因為山谷兩邊容易埋伏敵軍，而且一旦對手用火攻，逃也逃不出去。」

主人說著，搖著扇子笑了起來：「影爺你看，山道兩邊滿是白茫茫的蘆葦，夏侯惇的十萬大軍無處可逃了。」

「亮兒，夏侯惇不笨呀，你看他的軍隊停了下來。」

但是十萬大軍哪裡是說停就能停的，前軍止住了腳步，後軍仍往前擠，弄得軍心慌亂。

就在這個時候，山道兩邊的蘆葦著火了。雖然距離有點遠，但是我們在城垛旁依然看得清清楚楚——在秋風的助長下，火勢愈燒愈猛。夏侯惇的士兵為了躲避火舌，在山道中互相踐踏、爭相逃命，曹軍陷入一片混亂，叫喊聲驚天動地傳來。

主人說：「走吧，影爺，我們可以出發了。」

「到哪裡去？」

夏侯
博望坡

主人下令要人備了小車，送他到博望坡去。

我們到的時候，不只十萬大軍，連夏侯惇準備的糧草也被大火燒得所剩不多。

原先領著大軍而來的夏侯惇，只能帶著逃出來的士兵，往許都的方向奔去。

看著大火燒過的博望坡，看著幾千士兵大勝十萬大軍的場面，關羽、張飛這才佩服起主人，他們交頭接耳小聲的說：「這個軍師果然不是繡花枕頭。」

兩人拱手伏拜於車前——主人成功運用策略，終於讓他們服氣了。

打了勝仗的劉備，清晨帶領軍隊回到新野，沿途百姓開心的迎接，我聽到大家都跟劉備說：「這一仗不容易啊！將軍。」

「我們差點就要被十萬大軍踏平了，多虧有賢人的幫助，才讓我們這條命幸運的保留下來。」

「感謝將軍、感謝軍師啊！」

主人坐在小車子裡，威風八面的回到新野，一路上大家都在討論他的計畫。當初大家不了解他的安排，經過這一仗，才知道主人不僅調兵遣將安排得好，就連風向也都算得妙啊！

「如果不是孔明，我們怎麼跟人家拚哪？」

「真是妙計啊！」

9 前進東吳舌戰群儒

在魯肅的安排下，主人就要和孫權見面了。

魯肅，字子敬，是東吳孫權的要臣，也是主人的大哥——諸葛瑾的好友。

老爺諸葛珪去世之後，主人和兩位姊姊還有弟弟，跟著叔叔諸葛玄一起生活，長兄諸葛瑾就到東吳的陣營裡，為孫權效力。

孫權接受魯肅的建議，希望能和劉備合作，一起對抗帶領大軍南下的曹操。於是魯肅自願當作使者，來和劉備見面。

主人和魯肅見面之後，就對魯肅讚美有加：「影爺，你看到了嗎？

魯肅真是有見識的人啊！他不只能洞察天下形勢，知道孫、劉聯合才是生存之道，而且他還充滿熱情，親自來當說客，不辭遙遠的路途來和主公會面。影爺，這個人真是一個傑出的人才。」

我老影子怎麼會看不出來？「影爺從你們兩人的眼神中看得出來，你佩服他、他讚賞你，你們是英雄惜英雄啊！」

魯肅的「孫劉同盟」計畫，主人覺得非常高明；但是魯肅也說，東吳陣營裡，還是有人抱著懷疑的態度。

孫吳陣營裡的老臣張昭就是其中一個。他是大名鼎鼎的謀士，他認為打不過曹操，就應該要投降，才能把損失降到最低。

魯肅因此邀請主人到東吳一趟：「主公孫權對於要迎戰、要投降，依舊搖擺不定。我想邀請孔明親自跟主公見面，用您的才智說服主公，

以孫劉同盟的方法對抗曹操。」

於是主人千里迢迢跟著魯肅到東吳。靠近柴桑郡的時候，魯肅提醒主人，在孫權面前千萬別提曹操兵多將廣的事，以免孫權心中害怕，倒向張昭那一邊，投降了曹操。

「子敬放心，我自然會有應對的話。」主人說。

魯肅安排主人先在旅館裡休息，隔天再去和孫權見面。

「亮兒，你有辦法說服得了孫權，讓他對抗曹操嗎？」在旅館裡我問主人。

雖然我看著主人長大，對他很有信心，但是這麼大的場面，主人還是第一次經歷呀。

只見主人篤定的說：「我自然有辦法說服他。」就不再多說話了。

第二天，在魯肅的帶領下，主人走進孫權的軍營裡，我則緊緊跟隨在後，不敢放鬆。

我們到達時，文武官員二十多人在座位上等候，每個人的眼神和態度輕蔑，好像只是要看看這位荊州來的小夥子，到底有什麼能耐。

主人神情輕鬆、儀態瀟灑，他和每個人互通姓名、行了禮之後，大方的坐了下來。

首先開口的，就是張昭，他說：「我久仰先生大名，聽說您在隆中山上時，就經常拿自己跟管仲、樂毅相比，這是真的嗎？」

「在下的能力，稍微可以和他們相提並論。」主人恭敬的回答。

張昭又問：「我還聽說，劉豫州（註三）親自到草廬去拜訪，直到第三次才見到您。您為他效力之後，他想要藉著您的輔佐來拿下整個荊

州。但是現在荊州大部分已經被曹操佔據，不知道您的看法如何？」看來，這是一場硬仗啊！張昭是孫權的第一謀士，如果主人說服不了他，就說服不了孫權。

張昭說完，主人笑著回答：「其實要拿下荊州不難，難在劉皇叔不願意和同宗的劉表爭奪，所以一直不願意這麼做。劉表去世之後，兒子劉琮年紀太輕，沒有主見才會投降曹操，讓曹操愈來愈猖獗。現在劉皇叔在江夏屯兵，對荊州另外有計畫。當然，這計畫是不能輕易讓一般人知道的。」

張昭又說：「好，那管仲輔佐齊桓公，讓他稱霸諸侯、統一天下；樂毅協助微弱的燕國，降服了七十多個城池。這兩位是有才能的臣子啊！劉豫州想要靠你取得荊州當踏板，結果曹操一出兵，我只看到你們成立一個龐大的『逃難隊伍』，望風而逃，離開新野、奔逃樊城、敗走襄陽，弄得現在退到江夏，沒有一個容身的地方。管仲、樂毅是這樣的嗎？我怎麼覺得，劉豫州有了你，反而比以前更糟。」

張昭嘴下一點也不留情，最後他還得意洋洋的說：「我愚昧又心直口快，請你不要見怪。」

主人立刻為張昭好好的上了一課：「身患重病的人，不能對他下猛藥，要慢慢用濃稠的稀飯讓他進食，用調理血氣的藥方讓他服用；等到身體調養好了，才能嘗試治療的藥方，去除病根。劉皇叔從汝南吞下敗仗，寄居在劉表的荊州，當時擁有的士兵不滿千人，勇將只有關羽、張飛、趙雲；這就像身體薄弱又有重病在身的人，是沒有辦法對他下猛藥的。

您沒有看到在博望坡那一場對夏侯惇的仗嗎？幾千士兵對抗十萬大軍，我想，就算管仲、樂毅還在，成果應該也是這樣吧！

至於龐大的『逃難隊伍』，是數十萬百姓甘願跟隨劉皇叔，扶老攜幼而來，是皇叔不忍心丟下他們，一天只走十幾里的路也無所謂。為了保護他們，即使戰敗了，劉皇叔沒有怨言，還是要跟他們在一起。這是大仁大義的表現哪！

從前漢高祖也是好幾次敗給項羽，最後在垓下一戰成功，這不是勇將韓信策畫得好嗎？韓信為高祖謀劃很多次，難道每一次都得勝嗎？」

精采、精采！我老影子幾乎要為主人歡呼了，他這一長串沒有停頓的話，讓張昭一個字也無法反駁。

「等一等——」又有一個人要發言，他又有什麼疑難雜症要問？在場的每個人似乎都有備而來，打算給主人難堪。

主人的這一趟東吳之行，真讓我為他捏了好幾把冷汗哪！

註三：劉備當過豫州州牧，常有人稱他為劉豫州。

10 揪團聯合抗曹操

主人剛給張昭一記悶棍，東吳另一位謀士虞翻，站起來繼續發問：「現在曹操有百萬士兵、數千大將，虎視眈眈打算吞掉江夏。劉皇叔就在江夏，您有什麼辦法？」

主人沉著應對，他說：「曹操收下袁紹、劉表的士兵，雖然號稱百萬，但沒有什麼好恐懼的。因為這些士兵的心，並不是向著曹操的。」

一個名叫薛綜的人又問：「如果把天下分成三份，曹操現在已經佔有兩份，劉豫州不知道這就是天命嗎？還想要跟曹操爭。這就像『以卵擊石』一樣，怎麼會不敗啊？」

主人聽了薛綜的話，很生氣的說：「您說這話就不對了。曹操領的是漢朝的俸祿，不知道要報效國家，一心只想要奪取、併吞，惹得天下人都非常憤怒。您卻以為這是『天命』？請不要再這麼說了。」

陸績接著說：「曹操雖然挾持天子來命令諸侯，但他是漢高祖大功臣曹參的後代。劉豫州說自己是中山靖王的後裔，卻沒有證據可言。我看他只是一個織蓆賣鞋的老百姓罷了，怎麼跟曹操爭？」

主人自信滿滿的說：「曹操既然是功臣曹參的後代，世世代代都是漢朝大臣，怎麼能夠欺君誤國？他這麼做，不但眼裡沒有國君，更丟了祖先的臉。劉皇叔堂堂大漢後裔，是皇帝看過祖譜賞賜爵位的，怎麼能說沒有證據？而且漢高祖從一個小小亭長做起，最後成為皇帝，那劉皇叔織蓆賣鞋又有什麼恥辱？」

大家看到這個年輕人不管誰提問都能對答如流，漸漸收起傲慢輕怠的態度，轉而佩服起來。

就在這個時候，外頭有人大聲的說：「你們竟然這樣對待孔明！曹操大軍就要來臨，不去想該怎麼退敵，卻在這裡鬥嘴，有什麼用處！」說話的是東吳糧官黃蓋。他進來之後，跟主人點點頭說：「孔明，何不把你的策略，跟我們主公說明，不必在這裡跟這群人舌辯。」

於是黃蓋和魯肅帶著主人，去見孫權。

見孫權之前，魯肅又再次叮嚀主人：「千萬別說曹操士兵有多少，免得主公聽了，不願意作戰。」

「子敬放心，我會小心行事。」

我們一行人來到孫權面前。我看那孫權長得一表人才，自在之中還帶著一股傲氣，果然是一方霸主。

我有點緊張，忍不住提醒主人：「亮兒，勸將不如激將，我看這個人只能激他；說服的話，他是不會聽的。」

「影爺，我知道，看我的！」

主人先跟孫權互相行禮問好，主人坐定之後，孫權開門見山直接問：「你知道曹操士兵有多少？」

「大約一百萬。」

孫權懷疑的問：「這不會是騙人的吧？」

主人說：「這絕不是騙人的。他在兗州的青州軍就有二十萬；打敗袁紹，從袁紹那裡得到五、六十萬士兵；在中原又招募到三、四十萬；

現在從荊州劉琮那兒得到二、三十萬，算一算，大概就有一百五十萬士兵了。我說一百萬，是不想嚇壞了您呢！」

魯肅在一旁聽了直冒汗，不斷的跟主人使眼色，似乎想要他別說過頭了，但主人就是裝作沒有看見。

孫權想了一想又問：「那麼，曹操的戰將有多少？」

「足智多謀、身經百戰的，何止一兩千。」

孫權臉上閃過詫異的神色，又問：

「曹操平定了荊、楚，還有什麼企圖嗎？」

主人說：「他正在準備戰船，打算沿著長江而下——這不是來收拾東吳，是來做什麼的？」

我看得出孫權對主人的分析，漸漸產生認同。

主……主人，你這是脫稿演出呀！

沉吟許久，最後孫權終於開口：「既然這樣，戰或者不戰，請您幫我做一個決定吧。」

魯肅聽了，才總算鬆了一口氣。

主人氣定神閒的說：「過去天下大亂，所以將軍您在江東、劉皇叔在漢南，打算與曹操一爭天下。最近曹操又平定荊州，堪稱當世無敵，就算有英雄，也拿他沒有辦法。」

主人看了看孫權，又繼續說：「就是因為這樣，劉皇叔才會想要跟將軍結盟。如果可以，那就聯合一起對抗曹操；如果將軍您覺得沒有信心贏過曹操，我看，那就投降了吧！」

主人開始施展激將法了！孫權怎麼肯承認沒有辦法勝過曹操？

孫權問：「劉豫州最近在長坂坡打了一場敗仗，才退守江夏的。他還有力量對抗曹操百萬大軍嗎？」

主人笑了笑，好像知道孫權會這麼問一樣，立刻做出三個分析：「曹操遠道而來，一天行軍三百里，士兵疲累不堪，如何作戰？而且北方士兵不習慣水戰，如何跟南方東吳水兵爭？再加上被曹操收納的士兵，多半都是被迫而不是自願的，如何跟孫劉的兵將相比？如果將軍您能與劉皇叔同心協力，破除曹賊是一定能成功的！」

孫權聽了，露出輕鬆的笑容：「我明白了，我們一起滅曹操吧！」

主人終於成功鼓動孫權做出決定了！我也見識到主人的膽識和口才，真沒有白費這麼多人對他的期待。

孫權做出這個決定之後，孫劉結盟對抗曹操，赤壁之戰就開打了！

11 好神公仔借箭

主人在東吳營寨住下，有一天，東吳統領周瑜請主人過去商量事情。

「亮兒，我看得出這個周瑜是一個聰明的人。」

「影爺，我知道你想說什麼，你怕他會暗中陷害我。」

「對，你要小心提防這個人。」

周瑜見到主人，一開口便問：「我們就要聯手對抗曹操，我想請教先生：水兵作戰，用什麼兵器比較好？」

主人回答：「大江之上，弓箭是最好的兵器。」

周瑜露出滿意的笑容：「先生說的，跟我想的一樣。但是現在軍中缺少羽箭，想請先生在最短的時間內，監造十萬枝箭，當作跟曹軍力拚的兵器。這是緊急公事，請先生千萬不要推辭。」

周瑜這個人聰明，要殺人不必親自動刀，丟出一個解決不了的難題就行了。

主人開口問：「都督交代的事，怎麼能推辭呢？請問十萬枝箭什麼時候要？」

周瑜口氣堅決的說：「十日之內。」

十日之內造出十萬枝箭，一天一萬枝，怎麼可能辦得到？我正要勸阻，主人已經回答周瑜：「曹操大軍就在眼前，要等十天，早就被曹操殺盡了。」

周瑜露出難以置信的表情，嚴肅的問：「那麼先生幾天可以造好？」

「三天就夠了！」主人這麼一說，我更加感到不可思議。

周瑜聽了，得意的說：「先生知道，軍中無戲言。」

「亮兒，你有沒有聽清楚，那是十萬枝箭哪！」

主人沒有理會我，他回周瑜的話：「諸葛亮怎麼敢戲弄都督？我可以簽下軍令狀一張，如果三天之內辦不到，甘願受重罰。」

周瑜立刻要人準備筆墨，主人寫好之後說：「今天太晚了，明天開始算起吧！到第三天，請都督派五百個小兵到江邊搬箭。」

說完主人就離開了，留下滿臉疑惑的周瑜。

「亮兒，你弄清楚了嗎？那軍令狀可不是開玩笑的。你交不出箭來，是會沒命的啊！」

「影爺，你放心，我們回去休息吧！」主人胸有成竹的說。

回到住宿的地方後，魯肅立刻來見主人。

主人見到魯肅，劈頭就先說魯肅的不是：「看看你給我惹的什麼麻煩？要你別在周瑜面前說我怎麼高明、怎麼厲害，你一定沒聽進去。一定是你在他面前說我料事如神，讓都督心裡不服氣。現在惹出事情來了，無論如何，子敬你要救我。」

「是你自己找的麻煩，人家給你十天，你偏要改成三天，還怪我在背後說你什麼。現在要我怎麼救你？」魯肅也怪罪主人。

「禍是你惹出來的，你要幫忙才是。請你借我二十艘船，每艘船要士兵三十個，船上用黑色的布幔遮著，再用稻草紮成一束束人形，放在船的兩邊。」

「你不去造箭，要稻草人做什麼？」魯肅問。

「我自然有用處，第三天包管有十萬枝箭。但是這件事，千萬別讓周瑜知道，否則啊，他又要多派我工作了。」

「你造箭不用箭竹、翎毛、膠漆，只要船隻、稻草？」

主人笑了笑，不再說什麼。

奉命造箭的第一天，魯肅派人來告訴主人，船隻、稻草人都準備好了，就停靠在江邊。

主人什麼事也沒做。第二天，主人依舊沒有任何動作，急得魯肅頻頻派人來打聽。直到第三天的四更天，天還沒亮，主人才上船去，並派人去請魯肅到船上見面。

魯肅知道主人一枝箭都沒造，又請他到船上，只覺得莫名其妙：

「天都快亮了，孔明這時候找我有什麼事？」

「請子敬和我一起去取箭。」

「取箭？」魯肅一臉疑惑的問：「箭造好了？放在何處？」

「時間緊迫，子敬別問，我們快去吧！」

主人沒有多說，便要人把二十艘船用長索連在一起，往北邊出發。

五更天時，天色微微亮，江上瀰漫著又濃又重的霧氣，視線很不清楚。二十艘船已經接近曹操的水寨了，主人下令船頭朝西、船尾朝東，一字排開。

魯肅緊張得直冒汗，他說：「靠得這麼近，你不怕曹操攻擊我們？」

「霧太濃，他不敢輕舉妄動。我們就在船上觀看，等霧散了再回

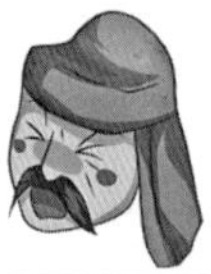

去。」主人一副若無其事的樣子，沒有人知道他心裡在盤算些什麼。

沒有多久，曹操營寨裡，接連發出一枝枝箭，射向那二十艘船。起初箭枝稀稀落落，像是在示警；漸漸的，箭枝毫不留情的愈射愈多、愈射愈快，就像又急又大的雨點一樣，全落在一束束的稻草人身上。

魯肅看得目瞪口呆，說不出話來。主人微笑著觀看這場景，好像一切都在他預料之中。過了一陣子，他要士兵把船隻調頭，讓船頭朝東、船尾朝西，並且更靠近曹操水寨，繼續擂鼓、大聲吶喊。

喊聲愈大、曹營的箭發得愈急。魯肅不斷的說：「妙啊！孔明真是高明啊！」

太陽出來，濃霧漸漸散了，主人才下令讓船隻回來。二十艘船在水面上緩緩移動，稻草人身上，滿滿的都是箭。

太緊張了！我不敢看！我不敢看！
子敬，你冷靜一點。

「還不快謝謝丞相送的箭！」主人對船上的士兵說。船上士兵一起向曹操營寨大喊：「謝丞相賜箭！」

孔明跟魯肅說：「每艘隻船上大概有五、六千枝箭，輕輕鬆鬆得到十萬枝，可以回去跟都督交代了。」

「真是神奇啊！孔明，你怎麼知道今天清晨會有濃霧？」魯肅真是太不了解主人了，泰山老道士早就教過他這些看天文、氣象的常識了。

船開到岸邊，周瑜已經派五百個士兵在江邊等著搬箭了。據說魯肅去見周瑜，說明這些箭是怎麼來的，周瑜只能嘆一口氣說：

「孔明神機妙算，我不如他啊！」

12 借東風開藥方

曹操就如主人預測的一樣，親自率領二十多萬大軍，順著長江南下討伐東吳。

劉備、關羽、張飛帶領兩千精兵，與東吳周瑜的三萬水軍一起，跟曹操大軍在赤壁相遇。

又是人數相差懸殊的攻戰。但是主人預料的沒有錯，曹操的士兵多半是別人的降兵，忠誠度不夠；加上北方的士兵到南方來，很多人都因為水土不服而病倒了。

雖然曹兵有不少弱點，但是孫劉聯軍要打贏這一仗也不容易。周瑜

是統帥，當然希望能以少勝多，但是有什麼辦法呢？他不會來請教主人，他讓魯肅去請教龐統，看看有沒有好方法，可以打一場漂亮的勝仗。

龐統就是和主人並稱「伏龍」、「鳳雛」的荊州名士，也是龐德公的姪兒，和主人更是好朋友。

主人知道魯肅奉周瑜的命令去見龐統，他就猜測龐統會教魯肅用什麼計策。

「影爺，龐統一定會教周瑜用火攻。」

燈裡有火，我老影子什麼都不懂，火的事情我最清楚。

我問主人：「水火不容，江面之上，如何能用火攻？而且一艘船著火，其他船隻可以立刻開走，火攻行不得啊！」

主人笑著說：「影爺，江面上要用火攻，自然要讓曹操把船隻鎖在一起。」

這次換我笑了：「亮兒，曹操狡猾奸詐，他怎麼可能會笨得把船隻鎖在一起？」

主人很有信心的說：「龐統不是等閒之輩，憑著他三寸不爛之舌，一定有辦法讓曹操把船隻鎖在一起。」

「就算曹操真的把船隻鎖在一起，水火不容，想在水面上用火攻，還是太困難啦！」

「影爺，別忘了靠著風勢助長，有水也難救啊！」

我可不信，風勢助長也要風向正確才行。看看現在的風向，火吹不進曹營，反而會吹向東吳的。我就等著看好戲吧！

過了幾天，魯肅來告訴主人一個消息：曹操那些北方來的士兵，不習慣船上的生活，船隻搖晃讓北方士兵頭暈噁心，經常生病。

於是龐統找到機會，見到曹操並且提出建議：「如果把大船、小船以三十艘或五十艘排成一排，再用鐵環連鎖在一起，上面鋪著大塊的木板。這麼一來，減低了船隻搖晃的程度，士兵就不容易生病，而且人、馬在上面行走也更加方便。」

曹操聽了，果然傳令把各大小船隻，用鐵連環鎖住。

主人聽完，笑著問我：「影爺你說，我是不是猜出龐統的計謀來了？」

主人的聰明才智，果然遠遠高於我的想像啊！老影子年紀一把，還是不能不佩服他。

周瑜知道這件事之後，很開心。聽說這一天，他站在山頂觀察曹操陣營活動，他專心觀看士兵們把大船一艘艘連環鎖在一起。突然之間，卻口中吐出鮮血，昏倒不省人事了。

曹操大軍近在眼前，東吳就靠周瑜統領軍隊，他這一倒下，江東誰來領導？魯肅連忙來請主人幫忙想辦法。

主人聽了，笑著跟魯肅說：「他的病呀，我能醫！」

魯肅半信半疑的問：「當真？」

主人肯定的說：「當真！」

魯肅就請主人去為周瑜治病。主人見了周瑜就問：「都督心中是不是覺得煩悶躁熱？」

周瑜虛弱的回答：「正是！」

主人說：「那就要用涼藥來解。」

「已經服過涼藥，一點效果也沒有。」

「那就要先調理氣息。我有一帖藥方，一定能讓都督氣息順暢。」

「那就請您開藥方吧。」周瑜隨口回答。

我聽了倒也納悶——跟隨主人這麼久，他什麼時候開始也會開藥方子治病了？

主人要人拿來文房四寶，再讓左右隨從都退下了，他才坐下來開藥方。寫好了以後，把藥方交給周瑜看，上面寫著：

欲破曹公，宜用火攻。萬事俱備，只欠東風。

周瑜看了，臉上露出苦笑，他說：「原來先生早就知道我的病源，那麼該用什麼藥來治？」

原來周瑜眼看要用火攻連環船，一定要有風勢來助長火勢。但是這十一月的冬天裡，吹的是北風。北風只會把風吹回東吳陣營，就像對風揚沙一樣，一點幫助也沒有——周瑜需要的是東南風。

主人告訴周瑜：「如果都督需要東南風，可以在南屏山建一座『七星壇』。孔明就在那兒作法，借來三天三夜的東南大風，幫助都督順利火攻曹營。您覺得這藥方如何？」

周瑜說：「不必三天三夜，只要一夜大風就夠了。現在時機成熟，我們不能再等了，立刻去做吧。」

「那麼就訂在十一月二十日作法，如何？」

周瑜一聽，精神立刻好了起來。他派遣五百個精壯的士兵，到南屏山建壇台。

十一月二十日這天，主人登上七星壇，焚香祭拜。有人來報，黃蓋已經準備好船隻，只等東南風起，就能順著風勢放火，把火吹進曹軍船中。

主人一天之中祭拜三次，依然不見東南風。我也不敢多問，只能靜靜的留意風向有沒有改變。

將近三更的時候，突然狂風吹得大旗颯颯作響。我抬頭看旗幟的方向，每一面竟都朝著西北方飄！

「是東南風！」有人大喊。

主人繼續作法，我聽到嘈雜的人聲，雜亂又驚慌失措。一定是黃蓋已經點起船上的油脂，讓這股強勁的東南風把火吹進曹操戰船上。

曹操的戰船早就用鐵連環鎖在一起，一艘起火，全部都躲不過。兇猛的火焰讓空氣充滿焦灼的味道。

忙亂之中，沒有人注意到主人悄悄的離開了。就在風吹得最強的時候，主人走下祭壇，匆匆忙忙跳上早就等在江邊的一艘船。

「這風夠周瑜用了！」

主人上了船，往遠方看去，曹操的戰船全陷在火海之中。主人看著這情景，告訴我：「周瑜心裡容不下我，他這次勝了曹操，一定對我更加不服氣，我還是走為上策。」

果然，船才開動沒多久，就看到護軍校尉（註四）徐盛乘著船追了過來。

「軍師請不要走，都督有話跟您說。」

主人頭也不回的說：「請您轉告都督，好好用兵，諸葛亮暫時回夏口去了。我們後會有期。」

是啊，功成身退，既然主人的目的已經達到，還是早點離開得好。

註四：武官的官名。

13 魯肅討荊州

曹操領軍南征大敗於赤壁，只好往北退兵回去。劉備一直牢記主人在隆中山上的分析，知道必須盡快以荊州當作基地，才有統一天下的可能。於是赤壁之戰後，劉備便向孫權借荊州。

孫權原先不肯，但魯肅在一旁幫忙勸說，說劉備借駐荊州，對孫吳也有好處。因為劉備可以幫忙守長江中游、東吳守下游，這麼一來曹操對東吳的壓力不會那麼大。孫權這才勉強讓劉備留在荊州。

然而借的時間一久，孫權也納悶，既然是「借」，劉備什麼時候才肯歸還荊州？所以找到機會又派魯肅來催討。

於是魯肅奉命來到南郡，主人與劉備一起接見他。

魯肅說：「吳侯和都督讓我來轉告劉皇叔，當時曹操帶領百萬大軍而來，其實是要佔領劉皇叔的土地。如果不是我東吳攻得曹軍潰敗，劉皇叔怎麼能平安無事？現在你們借荊州也借了好一段時間，不知道什麼時候才肯歸還？」

主人當然知道魯肅的來意，他說：「子敬，你難道不知道『物歸原主』的道理？荊州共有九郡，本來就不是東吳的，那是劉表的。劉皇叔是劉表的同宗族弟弟，劉表去世後，少子劉琮投降曹操，荊州才被曹操佔去。現在公子劉琦還在，劉皇叔只是以叔叔的身分，為了輔佐姪兒才留在荊州，這不正是『物歸原主』嗎？」

魯肅說：「劉琦如果在荊州，『物歸原主』才說得過去；但劉琦在江夏，不在這裡啊！這怎麼是物歸原主呢？」

魯肅一定不知道，公子劉琦這個時候不在江夏，他正來到荊州養病呢。聽到魯肅這麼一說，主人立刻派人去請劉琦出來；兩個侍者扶著劉琦出來時，魯肅滿臉驚訝。

劉琦說：「劉琦身體虛弱，要人攙扶，沒有辦法彎腰行禮，請子敬不要怪罪。」

兩個人互相問候後，侍者便扶著劉琦進屋。魯肅又問：「劉琦在荊州，劉皇叔就在荊州；劉琦如果有什麼萬一，那麼荊州該怎麼辦？」

「公子活著一天，我們就守著荊州一天。」

「萬一他不在了，你們就要把荊州還給東吳。」

主人恭敬的對魯肅說：「您說的一點也沒錯。」

得到這樣的答案，魯肅也沒有理由再做要求，只好回東吳去。魯肅回去沒多久，有一天晚上，主人發現西北方的天空，一顆星星墜落。

「影爺，又一個皇族去世了。」

「會不會是劉琦？」

果然沒多久就傳來公子劉琦去世的消息。

半個月之後，魯肅又來了。他雖然是來為劉琦致祭的，但還是沒有忘記要討回荊州。

「皇叔曾經答應魯肅，劉琦不在了，就要歸還荊州。我想現在應該是時候了吧？」

劉備請魯肅先喝幾杯酒，再來談這件事。魯肅勉強喝了幾杯之後，在一旁的主人就開口了：「劉表是劉皇叔的兄長，弟弟繼承兄長的事業，有什麼不對？況且現在是劉氏天下，劉皇叔得不到半份土地；你的主公不姓劉，卻要得到好幾份。赤壁之戰，怎麼全是東吳的功勞？如果不是我借來東南風，周瑜能火攻曹營、奪得勝利嗎？」

主人的話又讓魯肅啞口無言。

「孔明，你的話不是沒有道理，只是讓我空手回去，我怎麼向吳侯交代？」

主人問：「什麼事不能交代？」

「當初曹操要來攻打劉皇叔，是我魯肅帶著你孔明去見吳侯，希望孫劉聯合對抗曹操。接著周瑜要帶兵來跟劉皇叔討回荊州，也是我擋了下來，說不必動兵，讓我來催討就行了。而你們也答應我，『萬一劉琦不在了，就要把荊州還給東吳』，這句話也是魯肅為你們做擔保。現在卻完全不是這樣，你要我回去怎麼向吳侯交代？魯肅不是怕賠上這條命，只是恐怕這事惹惱了東吳，統領又要帶兵來攻打，劉皇叔就不能再安坐在荊州了。」

主人回答：「曹操的百萬大軍，我都不怕了，怎麼會怕一個周瑜？這樣吧，如果子敬怕回去不好交代，我就寫個借據，上面寫著『暫時借住荊州』。等我們找到可以定居的地方，再把荊州還給東吳，你覺得怎麼樣？」

「你們要借到什麼時候？」

「現在西川的劉璋無能，主公想要拿下西川。那就等我們取得西川，到時候一定還。」

接著主人請劉備親筆寫了一張保證書，讓魯肅帶回去給孫權。

臨行之前，主人告訴魯肅：「子敬回去見到吳侯，請轉告吳侯，我們兩家要保持和氣，別讓曹操當作笑話才好。」

魯肅沒有討回荊州，心情不大好，臭臉帶著保證書回東吳去了。

「亮兒，魯肅這次又空手而回；沒有要到荊州，周瑜一定會帶兵來攻打的。」

「影爺，周瑜不會出兵，他會用別的辦法要回去。」

「他能想出什麼辦法來？」

主人神祕的笑了笑說：「影爺，你等著看，他的『辦法』就要送過來了。」

14 錦囊妙計氣周瑜

赤壁之戰後，周瑜花了好大力氣，才把在荊州南郡的曹操部將曹仁趕走。主人趁著周瑜調兵遣將的忙亂中，不費吹灰之力，捷足先登，派遣趙雲進駐南郡，把周瑜剛到手的肥羊搶走。

聽說當時這件事，氣得周瑜受傷結痂的瘡口迸裂，流血不止、昏了過去，好久才醒過來。周瑜一定對主人又惱又恨。

現在魯肅討不回荊州，周瑜為了這件事，大概也想盡了辦法。果然就像主人預料的，東吳新的「辦法」來了。孫權派將軍呂範來荊州找劉備，準備談提親的事——孫權竟然打算把妹妹嫁給劉備！

主人搖著扇子，問我：「影爺，你猜，周瑜打的是什麼算盤？」

我問主人：「你怎麼知道這是周瑜出的主意？」

主人說：「這辦法高明，只有周瑜想得出來。」

「亮兒，你倒是說說看，周瑜的用意是什麼？」

主人笑著說：「周瑜想讓皇叔到東吳去娶孫權的妹妹，然後留住劉皇叔，再用劉皇叔換回我們這荊州啊！」

「妙啊！亮兒，你怎麼猜得到這周瑜是怎麼盤算的？」

主人一臉得意的說：「周瑜心裡想什麼，我都猜得到。」

果然，這天晚上，劉備就來找主人研究提親的事，想聽聽主人的意見：「去，或不去？哪一個比較好？」

主人說：「主公放心，剛才我已經為主公卜了一個卦，得到大吉大利的籤。主公可以答應呂範，再挑個好日子去東吳娶親。」

劉備卻猶豫的說：「不過，這會不會是周瑜設下的陷阱要害我？」

「周瑜的計策雖然高明，但是臣又怎麼會猜測不到呢？我也有妙計，讓主公既能順利娶到孫權的妹妹，又能平安保住荊州。」

劉備心裡仍有疑問，但還是答應前往東吳。

臨行前，主人找來趙雲，他跟趙雲說：「這一趟任務，非要將軍去不可。」

趙雲說：「趙雲樂意為主公效力。」

主人把三個錦囊交給趙雲，說：「請將軍一路保護主公的安全。這三個錦囊裡，我寫了三條妙計。」趙雲接過三個錦囊，一臉疑惑。

主人笑著解釋：「你一到南徐，先打開第一個錦囊來看；在南徐住到年底，就打開第二個錦囊；遇到危急、想不出辦法的時候，再打開第三個。」

趙雲收下三個錦囊，主人又再叮嚀一次：「一定要放在身上藏好，別弄丟了。裡面有安身保命的妙計，可以保護你們順利平安回來！」

趙雲把錦囊貼身收好，主人才放心送他們離開。

劉備這一去，一個多月都沒有消息；東吳沒有派人來要求用劉備換荊州，也沒有聽到劉備娶了新夫人，準備要回來的訊息。

「亮兒，劉備一去音訊全無，你要不要派人打聽一下，不知道是福是禍啊？」

「影爺，我那三條妙計能讓主公逢凶化吉、消災保平安啦！」

這孩子神祕兮兮，我愈來愈不清楚他在想什麼了。

又過了半個月，主人突然下令，要二十多艘船開到江邊守候。

「亮兒，怎麼了？」

「去了就知道。」

我們在江邊船上守了一個多時辰後，我聽到岸上傳來慌張的人聲：

「看！這裡有艘船，我們先上船再說吧！」

接著一個貌似將領的人帶著其他人衝上船。我定睛一看，是趙雲！他帶上船的，不就是劉備和新婚的夫人？坐在船中的主人，開心的說：

「恭喜主公迎親回來，諸葛亮在這裡等候多時了！」

劉備一看是他的軍師，露出又驚又喜的神色；還來不及說明一切，東吳的追兵已經來到岸邊。

主人下令開船，並且大聲告訴追兵：「快回去告訴周瑜，要他以後別再用『美人計』這種手段來騙人了！」船慢慢移動，岸上的亂箭紛紛射來。主人和劉備正要聊起離別之後的種種，這時，又看見戰船像鷗鳥一樣，一艘接著一艘而來。站在第一艘船上最前端的，正是周瑜。

周瑜的船快得像飛箭，眼看就要追上我們這艘船了。

主人立刻要大家丟下船隻上岸，周瑜帶著士兵也上岸緊緊跟隨。主人小時候腿受過傷，沒有辦法快跑，所以乘著小車撤退。

追兵追到山谷之中，在最危急的時刻，一名大將帶著軍馬從山谷裡衝來，攔住周瑜。我一看，這救星正是關羽，接著趙雲也來了。這一定也是主人安排的。因為關羽和趙雲的及時出現，我們一行人順利逃離周瑜的追擊，平安回到荊州。

事後聽人回報消息，關羽和趙雲在山谷中馳馬追趕周瑜，又有我軍黃忠、魏延在左右包夾，殺得東吳士兵大敗而逃。

聽說周瑜逃回船上後愈想愈生氣，想起他的妙計，被他這輩子最恨的「諸葛亮」破壞了，心中鬱悶無處渲洩，大叫一聲，又昏倒在船上，不省人事。

周瑜第二次被主人氣昏，休養了好一陣子；調理好了之後，一心只想要雪恥復仇，取回荊州。

他嚥不下這口氣，隔了一陣子，又派魯肅來催討荊州。

魯肅說：「孫、劉兩家現在已經是親戚了。」

劉
可惡！我又輸給了諸葛亮！

主人說：「正是。」

魯肅又說：「吳侯讚賞劉皇叔盛德，他想替皇叔取下西川；取了西川，再用西川跟皇叔換荊州，您覺得如何？」

主人聽了，連忙點頭：「難得吳侯有這份心意。」

魯肅又說：「既然這樣，東吳軍隊經過荊州的時候，何不請劉皇叔賜下一些錢糧，犒賞我們東吳的軍隊，這樣雙方的感情會更融洽。」

主人爽快的回答：「子敬，這是我們該做的。東吳軍隊經過的時候，主公一定親自出城迎接、犒賞大家。」

魯肅聽了，開心的離開。主人早已看出這又是周瑜的計謀——他打算趁劉備出城勞軍的時候，乘機擒住劉備，再攻入城中。

主人一整個晚上都在想，要如何防備。

「亮兒，他們已經是親家了，不會耍這種手段吧！」

「影爺，兵不厭詐，何況防人之心不可無哇！」

主人想出辦法之後，一切布置妥當，就等東吳的軍隊前來。

隔了幾天，周瑜果然率領水陸大軍五萬人，朝著荊州而來。江面廣闊寂靜，沿路也沒有任何犒軍的錢餉、食糧，更見不到劉備的身影。周瑜覺得很奇怪，他上岸查看，還是一點動靜也沒有。

他來到城門之下，親自叫門，打算請劉備出去。

劉備不但沒有出去，主人還派了關羽、張飛、黃忠、魏延兵分四路包圍而來，要逮住周瑜。

周瑜知道自己的計謀又被識破，氣得大叫一聲，從馬上摔了下來。

這一次昏倒，周瑜知道自己好不起來了。他交代將官們，一定要盡忠吳侯；在憂悶難解、身體虛弱之中，勉強寫了一封信給孫權，然後又昏了過去。

四處都在流傳，說周瑜最後一次醒來，長長的嘆了一口氣，恨恨的說了一句：「既生瑜，何生亮？」

周瑜就這樣走完他短短三十六年的生命，也許他真的是鬱卒而死的。他那一聲幽幽的嘆息，又淡又遠，輕輕的傳進主人的耳朵裡。也許他不怪主人總是識破他的計謀，只怨蒼天，為什麼給他這樣的聰明智慧，偏偏又讓他遇見這樣的「諸葛亮」。

15 劉備真情託付

主人在成都時，白帝城傳來消息，劉備請主人立刻趕赴永安宮，有重要事情召見。

這時曹操已經去世，兒子曹丕繼位魏王。不久曹丕逼迫獻帝讓位給他，曹丕自己當皇帝，把國號改成「大魏」。而為了延續漢朝命脈，主人尊劉備為皇帝，主人的職位也從「軍師」變為「丞相」。

國號雖然依舊是「漢」，但我影不離燈知道，曹丕的「魏國」和孫權的「吳國」並不承認這是「漢朝」，他們稱劉備建立的國家為「蜀國」。

蜀國也好、漢朝也好，主人的任務還沒有達成；他更加賣力，加速

腳步，希望能恢復大漢聲威，幫助劉備統一天下。

主人這時聽到劉備召見，心頭一驚，他說：「影爺，皇上恐怕不久人世了。」

主人留下太子劉禪留守成都，便與劉備另外兩個兒子——魯王劉永、梁王劉理連夜趕到永安宮。

六十二歲的劉備，滿臉風霜，他要主人坐在床邊，伸手軟弱的握著主人，他說：

「朕有了丞相，才能成就今天的功業。但是我又這麼無知，不聽丞相的話，東征吳國導致大敗，現在悔恨煎熬成病，恐怕不久人世了。」

劉備為了替關羽報仇，不顧主人反對，親自東征孫吳，結果被陸遜打敗，退守白帝城。他的兩個結拜兄弟——關羽和張飛都離開了人世，

他沒有為兄弟報仇，內心一定受盡折磨。

主人流著淚，伏在地上說：「請陛下保重龍體，這是天下人民共同的願望啊！」

劉備請人扶起主人，他看了看四周，發現將軍馬謖在旁。於是劉備要馬謖暫時先退下，他看著馬謖離去的背影問：「丞相認為，馬謖這個人怎麼樣？」

主人回答：「他是一位有才能的人。」

劉備虛弱的說：「其實不是這樣……朕看這個人，言辭誇大，與實際不符，這個人不能重用……。丞相，你要小心，要多觀察他。」

「臣謹記在心。」

劉備又說：「丞相，朕有幾句心裡的話，想跟丞相說。」

「陛下想說什麼？」

「丞相，你的才能，勝過曹丕十倍，一定能完成統一天下大業，安定國家，讓百姓安居。如果世子劉禪值得你輔佐，你就輔佐他；如果他不成才……丞相……，丞相你就代替他，成為皇帝……」

主人聽了，立刻跪了下來：「臣怎麼敢不盡力輔佐？臣忠貞不變！」

劉備聽完，請主人坐在床邊，要劉永、劉理向主人行禮。

「你們三兄弟對待丞相，要像對待父親一樣，不可怠慢。」

劉備要文武官員進來，他告訴大家：「朕已將國事託付給丞相，令嗣子像對待父親一樣對待丞相。你們也要遵從朕的遺願，不要辜負朕的期望。」

劉備就這樣在永安宮病逝了。十六歲的太子劉禪即位，改年號為建

興。三兄弟聽從劉備的遺命，像尊敬父親一樣對待主人，稱呼主人為「相父」，大大小小的事，完全聽從「相父」的指導。

主人這年四十二歲，正式承擔起治理國家的重責大任，我明白他肩負的擔子更加沉重了。

「亮兒，劉備擔心的，不是你會不會代替劉禪稱帝。」

「影爺，你說說看，他擔心的是什麼？」

「他擔心的，是劉禪的能力。」

「影爺，這也是我擔心的地方啊，不過我會盡力輔佐就是了。」

「亮兒，你聽聽影爺的分析看對不對？現在我們夾在曹魏和孫吳的中間，我們是不是應該要再試一次孫、劉聯盟？」

「影爺，你愈來愈有智慧，我可以請你當我的參謀了。」

「別以為我老影子沒有用處，跟在你身邊我也沒有閒著呢！」

「我最近也一直在想這件事。如果孫劉再次聯合，我們要收復被曹魏佔領的中原，就容易多了。但是，誰有這份膽識和經驗，可以去東吳當說客？」

「亮兒，瞧，這個適當的人選來了！」

這時中郎將鄧芝來見主人，他提出建議：「現在皇上年少，又即位不久，為了國家安定著想，應該派遣使者，與東吳重修舊好才是。」

主人聽了，開心的說：「這件事我也想了很久，直到現在，才找到適當的人選，可以派去當使節。」

「真的嗎？太好了！這個人是誰？」

「就是你啊，伯苗。」

「我？」

於是主人派鄧芝前往東吳當說客。

「影爺，鄧芝也算是你推薦的，你看他能不能圓滿達成任務？」

「影爺很少看錯人，他不會辜負你的賞識的。」

鄧芝果然是一個可以託付的人，他這一去，就達成使命。回來之後，立刻向主人回報，這趟任務是怎麼發展的。

原來鄧芝到了吳國，孫權了解鄧芝這一趟的目的，委婉的拒絕鄧芝：「我很願意跟蜀國重修舊好；只是現在劉禪年少、蜀國國力又弱，一旦魏國來攻打蜀國，你們自身都難保了，哪裡還有力氣保護我們，恐怕還要倚賴我們的幫助呢！」

鄧芝聽了，說：「吳國和蜀國共有四個州，吳國有三江屏障，蜀國也有天險可守，兩國就像『脣齒』一樣互相依靠。大王是當世英雄，丞相孔明也是傑出人才，兩國和睦，進可以打敗曹魏兼併天下，退可維持現狀，保持三分天下的局面，這對吳國不是也很好嗎？」

孫權思考了很久，鄧芝又說：「何況曹丕不是屢次要求吳國太子孫登到魏國的洛陽去當人質？大王如果拒絕，很難保證魏國不會過來攻打吳國。一旦這樣，蜀國順著江水南下，也攻打吳國，到時候，江南恐怕不再是大王擁有的了。」

鄧芝的一番話，讓孫權同意孫劉兩國重修舊好，順利達成使命，不負主人之託。

魏
蜀
吳

16 進山寨七擒孟獲

主人每天在成都處理大大小小的事務，兩川百姓安居樂業，再加上一連好幾年的風調雨順，老老少少都對主人讚頌得不得了。

建興三年，主人四十五歲時，蠻王孟獲在南方邊境起兵擾亂。再加上雍闓、朱褒、高定等太守聯合造反，再不處理，恐怕會成為禍患。

主人啟奏後主劉禪，打算親自征討南蠻，掃除國家的憂患。

十八歲的後主劉禪害怕的問：「東邊有孫權、北邊有曹丕，現在相父丟下朕去征討南蠻，如果吳、魏來攻，朕該如何是好啊？」

主人告訴劉禪：「李嚴、馬超、關興、張苞這些將領，都能保護陛

下的安全，請陛下放心。臣去掃蕩蠻方，再北伐取得中原，報答先帝對臣的三顧之恩，也報答先帝對臣的信賴。」

諫議大夫也在一旁勸阻：「南方荒涼，又是各種疾病叢聚的地方；丞相責任重大，不應該親自征討，派一名大將去就行了。」

主人還是覺得他應該親自上陣：「南蠻路途遙遠，人民沒有王法觀念，不容易收服。對待他們要剛、柔拿捏得恰到好處，不是用武力就能解決的，所以沒有辦法委託別人去。」

於是主人帶領大隊人馬前往南方。太守雍闓知道主人親自領軍而來，和朱褒、高定商量好，一起來攻打蜀軍。

蜀軍的先鋒主將魏延、副將張翼、王平，先和高定手下鄂煥交鋒，戰了好幾回合，才把鄂煥活捉回來。

主人問鄂煥：「你是誰的部將？」

「高定。」

主人說：「我知道高定是盡忠盡義的人，只是一時被雍闓誘惑，跟著造反。我今天放你回去，請你轉告高太守，要他早早歸降，以免遭遇禍患。」

但是雍闓、高定還是經常來攻蜀軍營寨。主人心中早想好了計畫，他要魏延應戰時，盡量活捉對方士兵。

主人將帶回的俘虜分兩邊囚禁，只要是雍闓的士兵一律處死；高定的部下，就給予酒食，並且放他們生還。

釋放士兵回去之前，主人還故意告訴他們：「雍闓今天派人來投降，說要獻出高定和朱褒的腦袋來求和，我覺得不忍。既然你是高定的

部下，就放你回去吧，不要再來造反，否則絕對不輕易饒恕。」

高定聽說這件事，當然會覺得很懷疑，就派一個細作（註五）暗中到蜀軍陣營來打探消息。細作被人發現，抓來見主人。

主人故意把他當作是雍闓的人，他問：「你的元帥雍闓說要獻上朱褒、高定的腦袋，怎麼到現在都還沒有送來？我現在寫一封信讓你帶回去，要雍闓早早動手，別誤了時間。」

主人編造了一封信，讓這個細作帶回去，信裡同樣要求雍闓快點把朱褒、高定殺了，才能換取軍功。

果然那天晚上，就聽見消息傳來，說高定帶兵去殺雍闓。高定殺了雍闓之後，帶著雍闓的首級來見主人。

主人見了高定，立刻要左右隨從把高定帶下去斬了！

高定憤怒的問：「我被丞相的義氣感動，獻上雍闓的首級展現我的誠意，丞相為什麼還要殺我？」

主人故意說：「不要騙我，你只是來詐降的。」

高定說：「我是真心誠意的，不是騙你的。」

主人又拿出一封先前假造好的信，讓高定看。主人說：「朱褒已經要人暗中送來降書，他說你跟雍闓是生死之交，怎麼可能會殺了對方？所以不是詐降是什麼？」

「丞相不要中了朱褒的計。如果你不信，我去捉了朱褒來，表達我的忠誠。」

過了一陣子，高定果然就帶著朱褒的腦袋回來。

「亮兒，你這招反間計真是厲害啊。」

這件事情之後，主人就命高定當益州太守，管理三個郡；又命鄂煥擔任高定的「牙將」，也就是副手。

南蠻王孟獲知道主人收服高定，便找來第一洞「金環三結元帥」、第二洞「董荼那元帥」、第三洞「阿會喃元帥」商量對策。三洞元帥各自帶領五萬蠻兵而來。

兩軍交戰，趙雲親自帶軍征討，金環三結元帥被趙雲一槍刺中。董荼那、阿會喃雖然脫逃，最後仍然被張嶷、張翼捉回。

主人除去他們身上的繩索，賜給他們食物、水酒、衣服，要他們回到自己的穴居裡，不要再出來興風作浪。兩位元帥感動得不得了，沿著小路逃了回去。

主人又囑咐各個將領，傳令下去：「孟獲一定會親自帶兵來擾亂，我們要活捉他，不可以殺了他。」

隔沒幾天，孟獲果真頭戴金冠、身穿錦袍、腳著長靴，騎著捲毛赤兔馬，一身華麗的打扮，帶領蠻軍來與蜀軍交戰。

孟獲和蜀兵一交手，哈哈大笑說：「聽說諸葛亮會用兵，我看今天這陣式，和我想的相差太遠，我早就該來攻打你們了。」

主人在一旁觀戰，他聽了，只是遠遠的對他一笑。

將軍王平先與蠻兵交接，幾回合之後，王平退走二十里。孟獲追趕，卻被張嶷、張翼、關索前後夾攻，最後大敗而逃。

勝利的捷報傳回來，真是大快人心哪！蠻王真是小看主人了，這下被打得落荒而逃，夠狼狽的了。

主人又傳令下去：「記得活捉孟獲，不可以殺害。」

孟獲匆忙逃走，被一支軍隊攔住，那將領正是趙雲。孟獲嚇得趕緊往小路逃，最後被魏延活捉，帶回來見主人。

主人問孟獲：「先帝對待你們，恩義並重，你為什麼還要背叛？」

孟獲一身耀眼的服飾，臉上一副傲慢的神色，完全不肯屈服：「我們族人世世代代居住在這裡，是你們侵佔我們的土地，怎麼說是我們背叛你們？」

主人問他：「那麼，我今天捉到你了，你服不服？」

「不服！」

主人點點頭說：「好，我放你回去，你服不服？」

「你放我回去，我還是會再帶兵來攻打；如果到時候你還能捉住我，我才服氣。」

孟獲這個蠻王後來接連被擒好幾次，每次主人都放了他，但他依舊每次都不服。

有一次孟獲率領一萬多個蠻兵而來，蠻兵全都赤裸上身，在寨前狂聲叫罵。不只老影子我受不了，官兵將領也都忍耐不住，打算出去大戰一場，卻被主人阻止了。

主人輕搖手中的羽扇，笑著說：「我自有安排，不必跟他們正面衝突。」

蠻兵叫罵多天之後，力氣漸漸用盡，精神也懈怠了，主人這才派兵出寨迎敵。蠻兵被蜀軍殺得逃逸四散，孟獲第四次被擒。

孟獲被緊緊的綑綁送進營寨來，主人問他：「你服不服？」

孟獲強硬的說：「還是不服。」

蠻兵的肺活量真大，好吵！

主人大聲喝斥：「那麼就推出去斬了！」

我知道主人只是想滅他的威風，不會真的把他殺了。

但是孟獲竟然一點也不害怕，他被推出去時，回頭看著主人說：「我們是沒有王法的蠻人，不像你們讀過書，會施展各種詭計害人，我怎麼會服氣？」

主人聽了便說：「好，如果我再放了你，你還會再戰嗎？」

「當然會。如果你再擒住我，我就心服口服的投降。」

第六次被擒，孟獲依然不服。

他固執的說：「等你第七次捉住我，我就歸服，發誓不會再反悔了。」

孟獲第七次被擒，主人不再問他服不服氣，只派人在另一個房間，

準備美酒、好菜招待。酒足飯飽之後，就要人放他回去，並告訴孟獲：「丞相要我來放了您。他說請您回去之後，再招兵馬來與丞相一決勝負。您現在就能離開了。」

這些話說得孟獲很難為情。他感動得流下淚來：「孔明七次擒住我，現在要第七次放了我，孟獲雖然沒有受過教化，卻也懂得禮義，我不能再沒有信用。我服，我不會再反叛了！」

主人這才出來與孟獲相見：「這次你服不服？」

孟獲千恩萬謝說：「我子子孫孫都感謝您再生的恩德，您有七次機會可以殺我，但是您都沒有這麼做，孟獲怎麼能不服？」

於是主人設宴慶賀，封孟獲為洞主，並歸還所屬之地。孟獲的黨羽、蠻兵，都對主人感激不已。當地人還為主人設了「生祠」，定期奉祀朝拜，表達內心的感謝和敬佩。蠻人都稱主人為「慈父」，並且發誓歸順，永遠不會再造反。

南方終於平定下來，不再有禍患。

註五：臥藏在敵軍中，打探消息的人，類似現在的「間諜」。

17 出師北伐中原

主人收服南蠻後，在回蜀的路上，孟獲帶著大小洞主、酋長前來送行。他不斷感謝主人對他七次不殺之恩。

一行人來到瀘水邊，突然之間狂風橫掃，無法渡過瀘水。這景象很不尋常：飛砂走石、遮天蔽日，行人無法行走、河面掀起猛浪、船隻劇烈搖晃，幾乎就要翻了過去。

我老影子活了幾百年，從來沒有看過這麼詭異的天候怪象。

孟獲看著這景象說：「這是『猖神』作怪。想要渡河，要先祭『猖神』。」

主人問：「如何祭猖神？」

孟獲說：「祭猖神要用七七四十九顆人頭，加上黑、白羊隻來祭拜，這樣能保風平浪靜、行船順利。祭了之後，猖神還能保佑我們連年豐收呢！」

說著，孟獲就要人去找四十九顆人頭來。主人立刻阻止，他搖搖頭說：「不要再任意殺害無辜的人。」

孟獲不肯，他說：「我們都是用人頭來祭拜的。不這麼做，猖神會不高興。」

此時瀘水水面陰風大起，波濤洶湧。當地的土人在一旁，也都說要用人頭來祭才行。

主人卻不願意，他說：「白白送死的人成為怨鬼，怨鬼修煉成狂妄橫行的猖神。我們如果又用無辜的人來祭猖神，不是又產生更多怨鬼？以後他們又會成為猖神，這樣永遠沒有休止。」

可是鬼神的事，不是鬧著玩的。我說：「亮兒，寧可信其有，不可信其無啊。祭祀的事，不能大意呀！」

主人說：「我自然有辦法。」

主人要隨行的廚師用麵粉調水，揉成一顆顆人頭的形狀，再隔水蒸熟，把這東西稱為「饅頭」。當天晚上，在瀘水邊擺起香案，放上祭拜的花果，再把「饅頭」放在地上。點起四十九盞燈，請人在一旁誦讀祭文，主人親自用旛旗招魂。

飄風呼呼、愁雲慘霧之中，似乎真有鬼魂隨著陰風飄散而去；主人立刻命人將所有的祭物丟進瀘水之中。

第二天清晨，江面雲收霧散，一片風平浪靜——主人的「饅頭」果然成功代替「人頭」！

主人跟孟獲辭別，所有士兵平安渡過瀘水。

回到蜀國後，主人立刻奏明後主，要祭奠作戰去世的人，還要安撫助濟他們的家人，讓他們在天之靈能夠安心。

南方安定之後，主人接著要繼續往北討伐曹魏。就在這個時候，傳來四十歲的曹丕病逝、世子曹叡繼位的消息。

主人知道之後，在屋裡思考了很久，他說：

「曹叡不是一個領導人才。但是曹魏陣營裡，司馬懿聰明有智慧、計畫周詳、心思細密。他現在統領雍州、涼州，一旦他有了更高的成就，那就是我蜀中的憂患了……」

我建議：「那麼就別等他壯大，先除掉他。」

「對，是不能等他壯大，但是要怎麼除掉他？」

我說：「起兵攻伐他！」

主人搖搖頭說：「不行，我們剛剛平定南方回來，兵馬還沒有休息夠，又要攻伐，恐怕無法成功。」

這時參軍馬謖進來，他看主人心煩，問明原因，就獻上一條計策。他說：「司馬懿雖然是魏國大臣，但是曹叡一直對他抱著猜疑的態度。我們何不派人到洛陽去散布流言，說司馬懿打算推翻魏國，自己稱帝，讓曹叡對他更加懷疑，這麼一來，司馬懿恐怕就活不下去了。」

主人聽了，拍案叫妙，便用了馬謖的策略。這一招果然有效，司馬懿果然被革除職務，回家鄉去了。

主人的心頭大患一除，心情立刻輕鬆起來：「影爺，我一直想要北伐中原，但是礙於司馬懿統領雍州、涼州，所以遲遲不敢行動。現在曹叡中計，免除他的職位，我就沒有什麼好顧忌的了。」

第二天上朝時，主人稟告後主，打算北伐中原，並且呈上奏章〈出師表〉一篇，對後主千叮萬囑，每一字每一句，都像父親對孩子的教導一樣，老影子聽了很感動哪。

後主憐惜的說：「相父才剛剛平定南方回來，都還沒有休息夠，現在又要北伐，恐怕太過勞神。」

「臣受先帝所託，一直不敢鬆懈。現在南方已經平定，正是收復中原的大好時機，請皇上允許臣前去北伐中原。」

得到後主的允許，主人再次點將出征。他分配好工作，也挑了一個好日子，就等時間一到，立刻出師北伐曹魏。

「等一等！」是一個蒼老卻有鏗鏘有力的聲音：「為什麼不讓我去！」大家一看，是頭戴銀色盔甲、臉色紅潤、精神很好但年事已高的趙雲。

趙雲從年輕為劉備效力到現在，年紀大了但身體依然硬朗。他堅持一定要去。

主人跟趙雲說：「不是不讓將軍去，而是平定南方回來之後，馬超生病去世，我就像斷了一隻手臂一樣。現在將軍年紀大了，如果有半點差錯，一世英名就毀了，不是很可惜嗎？」

趙雲聽了，火氣更大：「有什麼好可惜？大丈夫就要死在戰場上，我要去當先鋒！」

趙雲固執起來，比我老影子還難溝通。主人怎麼勸都不行，只好說：「如果將軍一定要當先鋒，那要再找一個人跟你一起作戰才行。」

鄧芝立刻說：「我去！」

主人看是鄧芝，才放心的撥了五千精兵，讓趙雲、鄧芝上陣去應戰。

西涼士兵都知道趙雲大名，看到趙雲和年輕時一樣英勇，沒有人敢跟他對抗。趙雲所到之處，都大獲全勝，戰得主人再次對他刮目相看。

就在蜀軍不斷傳出捷報的時候，細作傳來消息，說魏主曹叡又讓司馬懿復職了。

主人追問：「為何如此？」

「太傅鍾繇以全家性命擔保，說當時司馬懿是被流言所傷，他並沒有打算要造反。曹叡聽了，為這件事感到後悔不已，所以立刻恢復他的官職，還加封他為『平西都督』。」

主人的頭號對手來了，我又要為主人擔心了。

主人出師以來戰無不勝，這次這兩人棋逢對手，看來主人收復中原的工作，恐怕又要受到阻礙了。

18 空城彈琴退曹軍

主人在祁山的營寨中，有人從新城傳來消息，說司馬懿和張郃引兵出關，打算來攻蜀軍。魏主曹叡派司馬懿為「都督」、張郃為「前部先鋒」，正朝著主人的基地祁山而來。

這件事讓主人大吃一驚，但他還是要鎮定想出因應的辦法。

主人與幾位將領仔細研究他們可能走的路線，主人認為：「司馬懿出了關口，一定走『街亭』這個地方。他唯有走街亭才能斷了我們逃生之路，所以『街亭』這地方太重要了，派誰帶兵去防守才好呢？」

參軍馬謖自願去守街亭。我立刻提醒主人：「亮兒，先主臨終前交代過，說馬謖這個人『言辭誇大，與實際不符，不能重用』，你別忘了。」

主人雖然有一絲猶豫，但最後還是決定：「馬謖有幾次的計策都用得很好，這個人還是可以信賴的。」

於是馬謖就被派去守街亭。臨行前，主人鄭重告訴馬謖：「街亭雖然是個小地方，但是地位重要，是我軍的咽喉，一旦失守，我軍必亡，將軍千萬要小心。」

「馬謖知道。」

主人還是很擔心，他又叮嚀一次：「街亭沒有城牆建築、沒有好的地形屏障，重要卻又難守，不是一般人可以辦到的，馬將軍守得住嗎？」

馬謖萬般保證，一定守得住，而且願意寫下軍令狀——如果有失誤，願意接受懲罰，全家處斬。

於是主人給了馬謖兩萬五千名精兵，答應讓他去守街亭。

「影爺，怎麼我總覺得放心不下？」主人左思右想，總是覺得不妥當。

這下我可幫不上忙了，只能對他說：「用人不疑，疑人不用。用或不用，亮兒你要斟酌好。」

主人於是又派大將王平跟著馬謖一起去。王平在南方與蠻兵作戰時，有不錯的戰功，派他去當馬謖的後援，好互相有照應。

接著又派將軍高翔到街亭東北的「列柳城」去屯兵紮寨；萬一街亭

失守，後面起碼還有救兵相助。

主人告訴高翔：「給你一萬名士兵，到列柳城去駐守，如果街亭守不住，你就帶兵去救。」

主人做了種種安排，戰爭的場面似乎在他腦裡擺開陣勢，可以用的大將都用了、可以派的士兵幾乎都派出去了，但他還是覺得不放心。

「不行啊，高翔不是張郃的對手。」

主人手上比畫來比畫去，他像是指揮大軍的元帥。

「街亭絕對不能失守。城裡只剩幾千士兵了，失守就完了——派魏延去！」

主人對魏延說：「街亭非常重要，一旦失守全軍覆沒。魏將軍去接應高翔，萬一高翔抵抗不了，將軍可以照應他。一定要小心，千萬不能大意。」

一番縝密的安排之後，主人的心才稍稍安定下來。此時是後主建興六年，主人四十八歲了。我看著他為國憂心的樣子，心裡很不忍。

「亮兒，國家大事重要，身體更重要。」

「影爺，我知道。」

主人嘴裡這麼說，但是我知道，他的心還是在街亭這個地方。

深夜主人不敢睡，半夜收到快馬飛報，左右隨從呈上王平送來的圖本，說馬謖輕敵，不按主人交代守在街亭要衝，反而自己到山上去看守。

主人仔細看了圖本，憤怒的拍著桌子大叫：「馬謖，你太無知了！」

此時，又見飛馬來報，說街亭、列柳城都失守。在這個緊要關頭，主人只能立刻調度兵馬，派去援救，希望能盡力抵擋。可是接下來，又有十多次的飛馬傳報，都說司馬懿領著十五萬大軍，穿過街亭，向著西城而來！

這時城裡只剩下兩千五百個老弱殘兵，聽到司馬懿大舉而來的消息，每個人的臉色都變了。主人登上城去看，果然遠方滾滾塵土沖天，向著西城而來。

主人急中生智，立刻下令：「把旌旗收起來，每個人守著自己崗位。四邊的城門都打開，每個門邊，派二十個士兵打扮成百姓模樣，去打掃街道。司馬懿的軍隊來到時，不許慌張，我心中已有妙計！」

各處將官領了命令立刻去辦。主人身上披著如羽毛般輕盈的鶴氅

（註六），頭上繫著綸巾（註七），帶兩個小童、一張琴，來到城上。他點起檀香，再輕輕撥弄琴弦。

我知道主人外表看起來輕鬆，心情其實緊張不安。十五萬大軍，可以把西城踏平啊！主人的眼光，不時的望著愈來愈近的滾滾塵煙。

司馬懿的前軍來到城下。主人的琴聲悠揚，兩個小童一個持著羽扇，緩緩的為主人搧風；一個持著麈尾，輕輕的驅趕飛蟲。主人悠閒的在城上彈琴，偶爾抬起頭來，對著十五萬大軍點頭微笑。

司馬懿在城下，他張望了很久，不敢冒然進攻。

主人彈著琴，好像完全沒有把大軍瀕臨城下這件事放在眼裡：「影爺，司馬懿行事小心，他怕城裡有大軍埋伏，不敢攻城。」

城下有人向司馬懿建議：「都督，我們快進攻吧，城裡一定沒有士

我大軍都已經到了城外，諸葛亮還有時間彈琴……?!
司馬

兵了。」

司馬懿躊躇著不敢前進：「不行，孔明做事謹慎，他不會冒這種險。我看，我們快撤退吧！」

魏軍就這樣向後轉，讓後軍作前軍、前軍作後軍，離開西城。

看著司馬懿帶領大軍默默離開，將官們滿臉驚訝，都來問主人為什麼司馬懿不攻進城裡。

主人說：「司馬懿了解我，他猜想我凡事小心謹慎，不會冒險。他看我們這副輕鬆的模樣，懷疑城裡有大批軍隊埋伏，所以不敢進攻，便退了回去。」

「丞相厲害，不費一兵一卒，就讓司馬懿退兵。」

等戰事告一段落，馬謖帶著一臉倦容來見主人。他用繩索綑綁著自己，跪在帳前。

主人憤怒的看著他說：「我叮嚀你多少次了，街亭有多麼重要，你還用全家人的性命向我保證，一定會好好守住街亭。為什麼你要自作主張，不聽王平的建議，在街亭紮寨；偏偏要到山上去守？現在我如果不用軍法來處罰你，怎麼讓大家心服？」

說完，就要人把馬謖推出去斬了。

馬謖流淚痛哭說：「我知道自己死罪難逃，我只希望丞相能像舜帝一樣，在鯀治水失敗之後，繼續用鯀的兒子禹來治水。我的孩子，請丞相帶著，不要因為我而不用他。我身雖死，九泉之下也沒有憾恨了。」

主人聽了也早已淚流滿面：「我跟你就像兄弟一樣，你的兒子我會好好照顧的。」

說完，就派人斬了馬謖。畢竟軍中無戲言——馬謖真的為了自己的錯誤決定，而賠上性命。

為了這件事，主人也呈報後主，降貶自己的官職。

「亮兒，如果不是你的空城妙計，損失恐怕更慘重。為什麼還要自請降職？」

「影爺，我也有錯。我沒有聽先帝臨終的囑咐而重用馬謖，就是我的過失。這個過失太嚴重了，我甘願受罰。」

註六：以鶴羽做成的衣裳。

註七：以青絲帶做成的頭巾，纏繞在頭上，諸葛亮喜歡戴這種簡便的帽子。相傳是諸葛亮所創造，所以也稱諸葛巾。

19 一代軍師壯志未酬

主人第三次北伐，收復武都、陰平二郡，也安撫了當地的氐人、羌人。後主劉禪因此再次升回主人的丞相職位。

主人這一次北伐十分順利。就在繼續要乘勝追擊的時候，忽然有人傳報，說張飛的兒子張苞不幸去世。

張苞在與魏軍將領郭淮、孫禮的戰役之中受傷，主人命人送他回成都調養，但已經回天乏術，無法救治。聽到這個消息，主人心情鬱悶，加上長期勞累及身體虛弱，口吐鮮血，昏倒在地。

左右隨從著急的過來察看，緊急為他找大夫治療，似乎也沒有什麼

效果。自此之後，主人體力漸漸衰退，很讓人擔心。

「影爺，你在嗎？」

「亮兒，影爺還在。」

「影爺，我記得你說過，一個人不能沒有影子，沒有影子就沒了魂。現在，我怎麼覺得好像失了魂一樣。我怕你已經不在我身邊了。」

「亮兒，我們回漢中休養一段時間吧。」

主人點點頭，答應了我的提議。

於是主人強打起精神，將大軍帶回屯駐於漢中，自己回到成都養病。劉禪親自前來問候，還命御醫為他調治。在這段休養的期間，主人的身體逐漸好起來。

只要主人精神好，他就開始研究發明。他想要製造一種能在山區運送糧食的「木牛」，他要帶這種木牛去山區，代替真正的牛隻。

「影爺，打仗第一個要解決的問題，就是吃飯。吃飯學問大，勝負就靠吃飯。」

「亮兒，我怎麼會不知道？山區作戰，運糧方便，才能空出更多的人力來打仗。」

主人身體休養好了，心裡念念不忘的，就是答應劉備的承諾。再一次北伐，主人帶著新發明的「木牛」到山區搬運糧草；這代表他要打一場長期的仗。

這時曹魏大將曹真病重，曹叡派出司馬懿當統帥。主人先在上邽打敗魏將郭淮、費曜，又在上邽的東邊，與司馬懿帶領的兵馬相遇。

但是司馬懿只守不戰，主人只好回到鹵城。司馬懿便出動大軍包圍鹵城，同樣的，也只包圍而不攻打。

長久被圍困，蜀兵的糧草就快吃完了。此時又接到後主劉禪要求北伐撤軍的詔令，主人只好引兵回到蜀中。

一次又一次的北伐，一直沒有獲得全面的勝利，主人覺得很著急。主人快要五十歲了，到底能不能完成心願，幫助蜀漢達成統一大業？我知道他憂心如焚。

第四次北伐回來之後，主人利用這段休養生息的三年期間，偶爾回家和家人團聚，和自己的孩子相處。主人一直到四十六歲才有親生兒子諸葛瞻——因為之前一直沒有子嗣，所以兄長諸葛瑾把次子諸葛喬過繼給他。

夫人黃碩果真聰明能幹，在臥龍岡時，就經常發明一些機器，用來幫忙舂米、製酒的工作。主人受到夫人的影響，也喜歡動腦去想、動手去做。這段休息的日子，他把過去發明用來運輸糧草的「木牛」，改良得更加實用，一次能搬好幾百斤的東西。

每個看過木牛的人，都覺得神奇，它就像真的牛一樣。

主人常跟他的將領說：「山區運糧，牛馬是最適合的。但是牲畜不夠用，就要用這種像牛隻一樣的運輸工具來載運糧食。」

木牛雖然好用，運行的速度還是不夠快，主人又把它重新改良。經過再次的修改，主人又發明了「流馬」，不但載重量增加，速度也更快。

第五次北伐，對手依然是司馬懿。司馬懿又採取只守不攻的陣勢，遲遲不肯迎戰。

主人不斷憂心忡忡的問：「影爺，你告訴我，要怎麼辦？怎樣才能讓司馬懿出來一戰？」

我發現主人似乎不像之前的冷靜理智，反而愈顯浮躁，我問：「亮兒，你怎麼了，你的精神看起來不好。」

「影爺，我覺得最近體力愈來愈差，我要趕緊完成先主交付給我的任務。再遲，恐怕不行了。」

「亮兒，留得青山在，不怕沒柴燒。你一心為國，就更要保重自己的身體。想想看，蜀國沒有了你，年紀輕輕的後主，對抗得了這老謀深算的司馬懿嗎？」

「我知道，我知道。但是我愈想到這些，心裡就愈急。我要趕緊收復中原，完成統一。」

為了刺激司馬懿出來作戰，主人甚至派人送他一套婦女的衣服，譏笑他像個婦人一樣，不敢出戰。

司馬懿收了衣服，依舊不戰。主人又派使者去打聽，看司馬懿收了衣服之後，有什麼反應。

使者回報，說司馬懿只是跟使者閒話家常，並沒有提起作戰的事。

「影爺，司馬懿真是個婦道人家，我希望快點跟他一決雌雄，他偏

偏不敢。」主人心中像著了火一樣，但是誰能來滅這把火呢？

「亮兒，你以前不是這麼容易動怒的。你有沒有發現，你最近胃口不好，每餐都只吃一點點東西？你要保重自己的身體呀！」

「影爺，你不要管這麼多，我的時間不夠了，我心裡煩哪！」

足智多謀的主人，已經被他的心煩意亂壓得無計可施。也許司馬懿早就看出他的不一樣，所以遲遲不行動；也許他認為，按兵不動，就能得到勝利，所以他不出手，只需要慢慢的等待就夠了。

20 五丈原的秋天

建興十二年七月初，主人在第六次北伐的路途中。北伐的事業還沒有成功，主人寫了一封信給後主劉禪，說自己最近身體狀況不好，希望劉禪能學習關心國事、治理國家。

八月初，主人又寫了一封信給劉禪，說如果自己發生不幸，後事就交給蔣琬處理。劉禪接到信，立刻派將軍李福前來探視病情。主人這時候已經非常虛弱，躺在床上無法下床了。

李福在床邊問候，主人說：「請將軍轉告皇上，臣受先帝託孤，現在北伐事業還沒有完成，卻病倒了。希望朝中大臣能繼續未完成的事

業，以報答先帝的恩惠。」

李福記下主人說的話，囑咐主人要多保重，又趕回成都啟奏皇帝。

一天夜裡，主人帶著虛弱的身體，到帳外看天象。

「影爺，你還在嗎？」

「亮兒，影爺在。」

主人回顧自己的身影，他總是記得我說過的話，怕我離開了他。

「從小，我就失去了父親，影爺，我覺得你就像父親一樣，時時刻刻給我力量。」

「亮兒，影爺會一直守護你，永遠在你身邊。」

「影爺，我一直記得你說過的，人不能沒有影子，沒有了影子，就沒了魂。有你在我身邊，我才覺得安心。」

「亮兒，我影不離燈守護過這麼一位傑出的主人，沒有遺憾了。」

「我的生命就快結束了。影爺，感謝你陪我一場，讓我在無助的時候，心裡還有個依靠。」

「亮兒，別這麼說，你會好起來的。」

這時，大將軍姜維進來探望主人。他知道主人為了未完成的事業擔憂，所以建議主人，何不祈求上天，讓自己增壽。

主人聽了，精神振作了一點，他說：「先主託付給我的任務還沒有完成，我的確希望自己還有壽命，可以去做完這些工作。」

姜維問：「丞相，您需要什麼，我去準備。」

主人想了一想，問：「影爺，我想為自己增年壽，你覺得好不好？」

我知道增加年壽是違逆天理的事，我也知道，這並不是容易做到的事。

「亮兒，那你就試試看吧，也許會有用。讓你增了年壽，把想做的事做完。」

主人接著吩咐姜維：「你找四十九位士兵，身穿黑衣，手上拿著黑旗，環繞在營帳外面，我在帳中向北斗祈求。如果七天之內，本命燈不滅，表示上天願意讓我增加十二年的壽命……。如果本命燈熄滅，那就是上天也不願意給我多一點的時間了。」

姜維聽了，立刻去準備需要的東西。他親自帶領四十九位士兵在營帳外守護著。主人在帳中放了香花祭品，地上放著七盞大燈，旁邊圍繞著四十九盞小燈，中間放置的是一盞本命燈。

主人軟弱的向上天禱告：「諸葛亮生在亂世之中……承蒙昭烈皇帝

三顧之恩、託孤之重，不敢不盡心竭力。我曾發誓要消滅國賊、恢復漢室，但是現在將星就要墜落，諸葛亮性命即將結束……請求上蒼特別允許，延長我的壽命……」

主人轉向我說：「影爺，我的本命燈，就靠你來照顧了。」

「亮兒，我會日日夜夜守著。」

主人再次祈禱之後，無力的又躺下來休息。我悄悄離開主人，盡心盡力守著本命燈，不讓輕風動搖火焰，隨時留意還有多少燈油，一步也不敢離開。我本來就是燈神哪，守護一盞燈是再熟悉不過的事。

六天六夜之後，本命燈被我守得愈來愈明亮，主人心中燃起一股希望，他的精神也好多了，下床看著我和我守候的燈。

「影爺，謝謝你為我守護……」

就在這個時候，將軍魏延飛奔入帳，慌慌張張的說：「丞相，不好了，曹魏的大軍來了！」

他腳步一個匆忙，竟然絆倒了我專心守護的本命燈——

倒在地上的本命燈熄滅了！

燈滅了，燈影也消失了。漆黑中，我爬回主人身邊，只覺得渾身無力，幾乎動彈不得。主人倒在地上，無奈的說：「生死有命，求也沒有用啊！」

姜維聽見聲音，衝了進來，憤怒之下拔劍就要刺向魏延。

主人立刻阻止：「這是我性命該絕，不是文長的過失啊！」

主人吐了幾口鮮血，他告訴魏延：「文長，你快帶兵去迎戰曹兵。這一定是司馬懿猜想我病重了，所以派人來打探我們的虛實，千萬別讓他們知道我病了。」

主人又召來楊儀、費禕、姜維等將領，告訴他們：「我恐怕撐不了多久了……」

主人微弱的交代，不必發布他的死訊，這樣我軍才能平安撤退。至於他自己，就葬在這五丈原前線的定軍山吧。

主人勉強支撐著病體，要人攙扶他走出帳外，到每個軍營走一趟。他一個營寨、一個營寨慢慢的巡視。中秋已過，秋風吹來已有寒意。主人長長的嘆了一口氣：

「我再也不能臨陣討賊了。影爺啊，這就是我的極限了嗎？」

這天夜晚，窗外一顆光芒耀眼的紅色星星，由東北角向西南滑落。

五丈原上草木枯黃，一片深秋景象。幾片紅透的落葉飄了下來，更增添蕭索淒涼的感覺。

「亮兒，影不離燈要回去了。」

我是一道影子，我盡心盡力、牢牢的守著一盞燈臺。燈亮的時候，我在；燈不亮的時候，我休息。現在主人的燈已熄滅，我的任務也跟著結束了。

五十四年的相伴相依，再多的捨不得，還是必須分開。我要回到諸葛家去，向家神報到，再回到老舊的燈臺裡去。

我忍不住又回頭望了一眼——

「亮兒，別再為國事操心，你該好好休息了。」

讀書會

三國故事裡的戰爭又多又精采，看名士猛將們精心策劃的戰事躍於紙上，讓人心情也跟著激動起來！
快翻開【三國小學堂】，一起回顧這些壯觀的戰爭場面。
博望坡

小小戰地記者

活動一：

曹操佔領荊州之後率兵八十三萬，水陸並進，沿江而下，引發一場大戰，史稱「赤壁之戰」。後來孫、劉聯盟大敗曹操，天下三分互足鼎立之後，孔明與周瑜又是一番鬥智……。請將左列的事件，依照發生的先後次序填入下面表格，並簡短說明之。

- ◆前進東吳舌戰群儒
- ◆錦囊妙計氣周瑜
- ◆借東風開藥方
- ◆魯肅討荊州
- ◆火燒博望坡
- ◆龐統智獻連環計
- ◆好神公仔借箭
- ◆既生瑜，何生亮

發生順序	事件說明
火燒博望坡	
前進東吳舌戰群儒	

活動二：

請從活動一關於「赤壁之戰」的八個事件中，挑出一則，並根據5W1H的原則，練習寫一篇新聞稿(寫在下頁)，並作一段現場立即實況轉播。

Who	Where	What	When	Why	How
事件的主角與相關人物	在何處發生	發生何事	何時發生	發生原因	如何發生

新聞報導內容範例：

技高一籌，蜀漢諸葛亮辯倒東吳群儒

○○○／東吳報導

經過兩天的精采辯論，蜀漢諸葛亮最後戰勝東吳群儒，成功以「激將法」說服孫權與劉備聯盟，共同抵禦曹操大軍。

比賽中，……

快問快答

1. 諸葛亮一生最大的特點，就是長期養成一種周密思考的習慣，總是比別人早一步想到結果。你認為平常要如何訓練，才能使自己也成為「諸葛亮」呢？

2. 諸葛亮對劉備分析了天下情勢，講得頭頭是道，這就是有名的「隆中對」。一個隱居山林的人，怎麼會知道那麼多外界的事？又如何能做出精闢的分析？

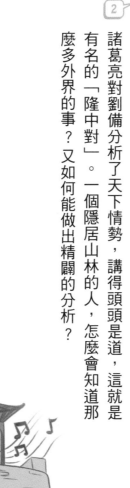

推薦文

當我們同看《三國》

東華大學中文系教授　王文進

今年的暑假，台灣中視開始播映二〇一〇年大陸新拍攝的九十五集《三國》電視連續劇。細心的觀眾逐漸會發現到：無論是人物的造型或情節的推展，似乎和一九九四年大陸中央電視台製作的八十四集《三國演義》有極大的出入。其中劉備變得極為英華內斂、遇事果斷明決，似乎不那麼全然依賴諸葛亮的神機妙算。孫權也變得聰明睿智，處理國家大政能調和鼎鼐，對於群臣正反兩派的激爭能順勢利導，毫無猶疑不決的焦躁。魯肅更是由以前那種始終在孔明與周瑜兩強鬥智漩渦中窘態畢露的左支右絀，搖身一變成為跟孔明一樣料敵機先、運籌帷幄的儒雅高士。甚至可以在荊州之爭中義正辭嚴的折服歷來為三國迷視為最高偶像的關雲長。如此撲朔迷離的變動，究竟何者為是？何者為非？相信大家一定開始感到困惑不解。

歷史小說的新熱潮

其實一九九四年大陸中央電視台八十四集的連續劇是完全根據中國明代四大小說之一《三國演義》改編而來，除了極小部分情節的更動之外，編導強調的是忠於小說原著。雖然小說原著並不吻合歷史上真正發生過的真實或是西晉史學家陳壽所寫的《三國志》，但由於小說中所塑造的聖君、賢臣、勇將的忠孝仁義深入中國文化的各個層面，故而早已被當成「正史」一般加以傳頌、詠歎。而二〇一〇年新版的九十五集三國連續劇則是蓄意掙脫小說《三國演義》的束縛與框架，企圖加入一些更早的史籍資料，再重新予以組合。

所謂歷史中更早的史籍，大致可以回歸到陳壽的《三國志》及裴松之的《三國志注》。因為三國的這一段歷史，最早是由西晉的陳壽在三分歸晉之後的十年左右，也就是公元兩百九十年前後，以史書的形式《三國志》加以記錄。而後在事隔一百三十幾年後，劉宋王朝的裴松之又收集了一百多本史書加以補充陳壽《三國志》對三國歷史人物的紀錄，對於重新拼湊三國歷史真相的工作有極大的意義。二〇一〇年新版的三國連續劇其實就有些部分嘗試跳過小說《三國演義》，直接就三國史籍的源頭重新編寫一套三國群雄稱霸史，卻因此使長期執迷於小說《三國演義》的三國迷陷入困惑與錯愕。

平衡史實與虛構情節的改寫

這一套兒童版【奇想三國】，其實也同樣面對如何重新塑造處理三國英雄人物的難題。如果延續小說《三國演義》的文獻紀錄來寫諸葛亮與劉備的英勇事蹟，當然是順水推舟、事半功倍。因為小說《三國演義》本來就是以「擁蜀抑曹」為立場的敘述角度；諸葛亮的神機妙算與劉備的仁義兼備只要順著小說原來的旋律加以改寫，就足以令人悠然神往。但是若要用同一筆調描寫孫權就扞格不合了，因為《三國演義》雖然表面是寫三國逐鼎之爭，骨子裡小說家的敘述角度卻巧妙的落在蜀魏爭霸的動線上，而孫吳其實一直是被邊緣化與丑角化。試看其赤壁英雄周公瑾，始終被寫成一個心胸狹窄，不識大體的輕佻之士；而魯肅也只是一位唯唯諾諾的甘草人物。但歷史上的孫權連曹操都不禁讚歎：「生兒當如孫仲謀」，而魯肅對天下大勢的精準分析，比諸葛亮的「隆中對」更要早了七年。他的身材魁武雄壯，也絕不是平劇上略顯駝背、不堪負重的造型。所以本系列寫到孫權的時候，就不得不跳過小說《三國演義》。因為《三國演義》的孫權在周瑜的慫恿下，居然天真的想用自己的妹妹當釣餌，去誘騙劉備過江招親，結果落了個「賠了夫人又折兵」的笑柄。別忘了歷史上的孫權深黯天下大勢之所趨，知道唯有把荊州借給劉備，讓劉備替孫吳去阻擋北方的曹操，才是對東吳最有利的規劃。這一些都是要由《三國志》及裴松之引據的相關史料來加以重新推測組合。

拉近讀者與歷史之間的距離

所以本系列依據的典籍，大略可分成兩個系統：「劉備」、「孔明」、「曹操」大致根據的是小說《三國演義》，而「孫權」的傳略事蹟根據的則是陳壽《三國志》及裴松之的《三國志注》。當然我們不會期望小讀者對於三國故事的來源能如此窮根究柢，我們最大的期望是小讀者們能經由這四個三國人物的事蹟及其傳奇風采，逐漸進入三國故事宏偉的旋律中，進而激發其對歷史故事的思考。希望將來他們成年之後，能經由童年所培養的興趣，而發展出真正探討歷史真實的能力。因為我們相信一個有能力探討歷史的青年，一定是領導社會的卓越菁英。

換句話說，本系列在改寫的過程中，態度是極為嚴謹的。雖然為了提高小讀者閱讀的興趣，採取了兒童文學敍述的筆調，並分別虛構了四個敍述者的角度，企圖拉近英雄人物的歷史舞台與小朋友心靈世界之間的距離，但是有關史籍的引用卻是極具分寸的。若非根據小說《三國演義》加以改寫，就是間接援引《三國志》及《三國志注》的資料，其來龍去脈大致有跡可循。

相信有一天閱讀這套讀物的小朋友進入高深的求學領域時，這套書仍然可以經得起他們的回味及探究，而成為其成長過程中永遠迴盪的主旋律。

推薦文

如果拿《三國演義》當國語教材……

北投國小資優班老師　陳永春

在高年級國語課中進行「導讀三國演義」教學多年，初期是以「人物研究」做為資優班選修的課程。後來擔任普通班高年級導師，從國語課本中選錄「草船借箭」進行延伸，全班幾乎也能把《三國演義》裡近八個回合所描述的赤壁之戰，整個讀過一遍。

「古典文學中的文言文，對學生來說不會很難嗎？」常有家長和老師們這樣問我。其實孩子們對這些帶著神秘氣氛的歷史故事，並不陌生啊！許多小朋友，都是經由電玩、漫畫、動畫開始接觸《三國演義》的。這些經驗基礎，只要適當的引導，「借力使力」透過電影、戲劇中的對白，適時「引經據典」一番，文言文就不再生硬陌生；反而文言文中對仗的、精簡的、充滿象徵意味的文字，更能表現一些獨特的美感，甚至吸引他們也想自己寫寫看呢。

經典故事導入教學

中高年級學生的閱讀傾向，適合閱讀「傳記類」、「歷史性」的小說；而《三國演義》中人物之多、事情變化之曲折，人情事理中顯露出人性的種種狀態，都可提供學生「學得了做人與應世的本領」。經典之所以成為經典，必有可觀之處。經典是可以跟現在正在發生的生命狀態產生對話、允許辯論、質疑和討論的。

而在教學設計上，要有教學理念的高度，也要有適合孩子口味的親和力。孩子學習動機強，就能廢寢忘食、深入鑽研，激發令人驚喜的潛力。「導讀三國演義」課程，就是希望藉由對小說情節的討論，讓學生有能力檢視自己的生活經驗與人際關係。既然是討論，就不必有標準答案，不管贊成或反對，都要說明理由，以培養深度思辨的能力。

天下雜誌童書出版的【奇想三國系列】是專為國小中高年級出版的中長篇小說，每一本故事都有一個虛擬人物來串連主角的人生，以這個虛擬人物的角度來看主角的功過。例如《九命喜鵲救曹操》是由一隻九命喜鵲的角度來看曹操的一生；《萬靈神獸護劉備》則是有一個「守護龍」來推劉備上皇帝的寶座。虛擬人物增加了故事的新鮮及趣味度，史實的部分則是以《三國演義》與《三國志》為基礎。同樣的故事情節，在不同的人物傳記裡，也呈現了不同角度的敘寫，讓讀者有不同的觀察與思考。

例如「孔明借東風」一段，在《影不離燈照孔明》中是這樣寫的：

（孔明）寫好了以後，把藥方交給周瑜看，上面寫著：

欲破曹公，宜用火攻。萬事俱備，只欠東風。

周瑜看了，臉上露出苦笑，他說：「原來先生早就知道我的病源，那麼該用什麼藥來治？」

主人（孔明）告訴周瑜：「如果都督需要東南風，可以在南屏山建一座『七星壇』。孔明就在那兒作法，借來三天三夜的東南大風，幫助都督順利火攻曹營。您覺得這藥方如何？」

周瑜說：「不必三天三夜，只要一夜大風就夠了。現在時機成熟，我們不能再等了，立刻去做吧。」

「那麼就訂在十一月二十日作法，如何？」

在《少年魚郎助孫權》中是這樣寫的：

周瑜的病，諸葛亮說他會醫。

這倒奇了，周瑜派龐統去治曹操的偏頭痛，諸葛亮卻來醫周瑜的病。

「心病需要心藥醫，都督萬事俱備，只欠一樣藥引。」

瞧諸葛亮說得煞有其事的，連主公都忍不住問：「那，欠了哪樣藥引？」

諸葛亮大筆一揮，白紙上赫然出現「東風」二字。

周瑜掙扎著從床上起來，瞪著諸葛亮問：「可惜隆冬臘月，何來東風？」

諸葛亮一笑：「依我看，近日天氣回暖，尤其白日，晴空萬里，江面平靜無波，倒有幾分三月小陽春。」

周瑜蒼白的臉上，呈現出笑容了：「意思是……」

諸葛亮大笑：「都督速速回到軍中，東風一至，這場大戰要上場啦。」

以經典文學培養思辯能力

古典而文言的歷史故事，能透過活潑、有趣的小說筆觸，引領孩子更有興趣的學習語文；它帶給孩子們一種對知識的態度，也形成有厚度的人文思維。由於現今社會大環境，較少人討論經典，很少人教授經典，年輕人也鮮少受到經典的影響；或許我們可以從設計流行文化著手，也可以切身的議題做為誘因，「以經典教育提升中文力，並培養小讀者的思辨能力」。

日前，在報紙上讀到一篇關於周瑜在打贏赤壁之戰，幾個月後卻病倒猝逝的醫學解析。原來在《三國演義》中所描寫的「三氣周公瑾」，是周瑜嫉妒諸葛亮，反處處被譏而致箭瘡復發吐血而亡。但透過作者醫療專業背景的分析：周瑜在與曹仁對峙時被流矢射中右肋，第一時間沒有死亡，表示箭傷應該沒有深入胸腔，傷及心臟及大血管；但如果是皮肉之傷，以周瑜羽扇綸巾的本錢，傷口也應該早就癒合，又何來舊傷復發致死呢？合理的推論是，這枝利箭是深及胸腔，但沒有傷及重要器官，所以不會出血致死；但是細菌感染卻慢慢由皮下深入胸腔，在當時沒有抗生素可以使用，又沒有好好休息的情況下，身體的免疫大軍自然節節敗退。

這些類似 CSI 犯罪現場的第一手實況報導，也算是開展了對經典文學的另一種閱讀面向吧。

影不離燈照孔明

作　　者｜岑澎維
繪　　者｜托比

責任編輯｜許嘉諾
美術設計｜林家蓁、蕭雅媜
行銷企劃｜葉怡伶

天下雜誌群創辦人｜殷允芃
董事長兼執行長｜何琦瑜
媒體暨產品事業群
總經理｜游玉雪　副總經理｜林彥傑
總編輯｜林欣靜　行銷總監｜林育菁
副總監｜李幼婷
版權主任｜何晨瑋、黃微真

出版者｜親子天下股份有限公司
地址｜台北市 104 建國北路一段 96 號 4 樓
電話｜（02）2509-2800　傳真｜（02）2509-2462
網址｜ www.parenting.com.tw
讀者服務專線｜（02）2662-0332　週一～週五：09:00~17:30
讀者服務傳真｜（02）2662-6048
客服信箱｜ parenting@cw.com.tw
法律顧問｜台英國際商務法律事務所．羅明通律師
製版印刷｜中原造像股份有限公司
總經銷｜大和圖書有限公司　電話：（02）8990-2588

出版日期｜ 2012 年 9 月第一版第一次印行
2024 年 4 月第一版第二十八次印行
定　　價｜ 280 元
書　　號｜ BCKCJ019P
I S B N｜ 978-986-241-586-3（平裝）

訂購服務
親子天下 Shopping ｜ shopping.parenting.com.tw
海外．大量訂購｜ parenting@cw.com.tw
書香花園｜台北市建國北路二段 6 巷 11 號　電話（02）2506-1635
劃撥帳號｜ 50331356 親子天下股份有限公司

國家圖書館出版品預行編目資料
影不離燈照孔明 / 岑澎維文；托比圖. -- 第一版. -- 臺北市：天下雜誌, 2012.09
208面；17*21公分. -- (樂讀456系列；19)
ISBN 978-986-241-586-3（平裝）
859.6　　101015833

小時候會讀、喜歡讀，不保證長大會繼續讀或是讀得懂。我們需要隨著孩子年級的增長提供不同的閱讀環境，讓他們持續享受閱讀，在閱讀中，增長學習能力。這正是【樂讀 456】系列努力的方向。——中央大學學習與教學研究所教授　**柯華葳**

系列特色

1. 專為已經建立閱讀習慣的中高年級以上讀者量身打造。
2. 兩萬到四萬字的中長篇故事，培養孩子的閱讀續航力。
3. 多元化題材及結構完整的故事內容，全面提升閱讀、寫作及表達能力。
4. 「456 讀書會」單元，增進深度理解與獲得新知。

妖怪醫院

世上絕無僅有的【妖怪醫院】開張了！
結合打怪、推理、冒險……「這是什麼鬼！？」
新美南吉兒童文學獎作家富安陽子
最富「人性」與「療效」的奇幻故事

故事說的是妖怪，文字卻很有暖意，從容又有趣。書裡的妖怪都露出了脆弱、好玩的一面。我們跟著男主角出入妖怪世界，也好像是穿越了我們自己的恐懼，看到了妖怪可愛的另一面呢！

——知名童書作家　**林世仁**

生活寫實故事，感受人生中各種滋味

★「好書大家讀」入選

★教育部性別平等教育優良讀物
★文建會台灣兒童文學一百選
★中國時報開卷年度最佳童書
★新聞局中小學優良讀物推介

★中華兒童文學獎
★文建會台灣兒童文學一百選
★「好書大家讀」年度最佳讀物
★新聞局中小學優良讀物推介

創意源自生活，優游於現實與奇幻之間

★「好書大家讀」最佳讀物
★文化部中小學優良讀物

★新聞局中小學優良讀物推介

★「好書大家讀」入選

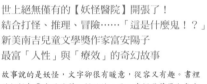